KB151007

무슨 일 있으면
톡하지 말고 편지해

KUROBEGENRYUYAMAGOYAGURASHI

Copyright © 2019 by Keiko Yamato
All rights reserved.

Original Japanese edition published in 2019 by Yama-Kei Publishers Co., Ltd.
Korean translation rights arranged with Yama-Kei Publishers Co., Ltd., Tokyo
through Eric Yang Agency Co., Seoul.
Korean translation copyright © 2020 by Seoul Cultural Publishers, Inc.

＊이 책의 한국어판 저작권은 EYA(Eric Yang Agency)를 통한
 Yama-Kei Publishers사와의 독점 계약으로 '(주)서울문화사'가 소유합니다.
 저작권법에 의하여 한국 내에서 보호를 받는 저작물이므로
 무단전재 및 복제를 금합니다.

무슨 일 있으면
톡하지 말고 편지해

야마토 게이코 지음
홍성민 옮김

서울문화사

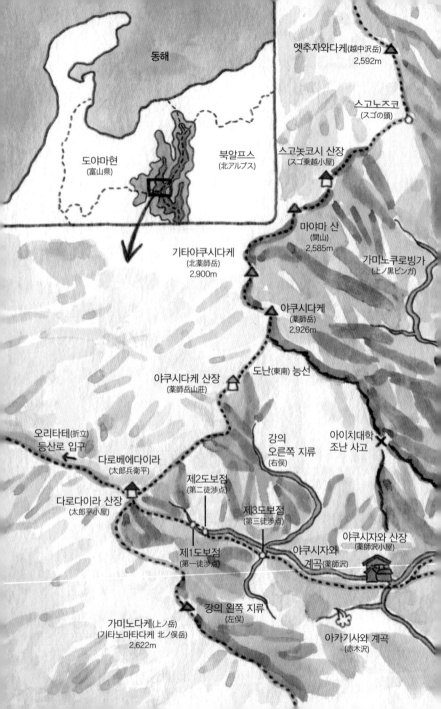

구로베 호수(黒部湖)

구 로 베 원 류 지 도

시모노쿠로빙가*
(下ノ黒ビンガ)
* '빙가'는 깎아지른 듯
솟아 있는 암벽을
뜻함 – 역자 주

오쿠구로베(奧黒部) 휘테(산악)

구로베 강
(黒部川)

히가시자와타니
(東沢谷)

가미노로카*
(上ノ廊下)
* '로카'는 협곡을 의미함
– 역자 주

아카우시다케
(赤牛岳)
2,864m

N
W   E
S

스이쇼다케
(水晶岳)
2,986m

스이쇼 산장
(水晶小屋)

입석 기암(立石奇岩)

다이토 광산 자리
(大東鉱山)

다자마가하라
산장(高天原山荘)

다이토 신도로
(大東新道)

로카
(下)

구모노타이라 산장
(雲ノ平山荘)

구모노타이라
(雲ノ平)

지다케
(祖父岳)
2,825m

와시바다케
(鷲羽岳)
2,924m

미쓰마타 산장
(三俣山荘)

구로베 원류와 야쿠시자와 산장. 하얀 화강암에 에메랄드색으로 빛나는 강물, 빨간색 흔들다리가 아름답

야쿠시자와 산장까지의 거리

참고 코스 시간: 7시간 10분

* 야쿠시자와 계곡과 구로베 강이 만나는 주변.
  일본인의 상상 속 동물 '갓파'가 산다는 전설이 있음-역자 주

다로다이라 산장과 산을 바라본 풍경. 가을 햇빛을 받은 애기똥풀이 황금색으로 반짝반짝 빛난다. 어쩌면 이 산 어딘가에 아직 보지 못한 금광이 잠자고 있을지 모른다.

일본에서 가장 오지에 있는 온천 산장인 다카마가하라 산장.
원래는 광산 노동자의 숙소였다.

북알프스 주요 산인 야쿠시다케에서 고원과 다른 쪽 산 방면으로 빠지는 종주로
상에 있는 스고놋코시 산장

옛날의 야쿠시자와 산장 앨범 (사진 제공- 이소지마 히로후미)

▲1963년 구로베 강 야쿠시자와 계곡 합류점에 신축된 야쿠시자와 산장

◀1962년
야쿠시자와 계곡
합류점에 설치된
절벽 사이에
동아줄을 걸고
바구니를 달아
사람과 물건을
건네는 장치

1964년▶
흔들다리
가설로

▲1968년 야쿠시자와 계곡
합류점 흔들다리가 신설되다.

11

발전기를 점검하는 산장 지배인인 아카즈카 산장지기

지붕 위에 이불 꽃이 피었다. 화창한 날은 따뜻한 햇볕에 이불을 말린다.

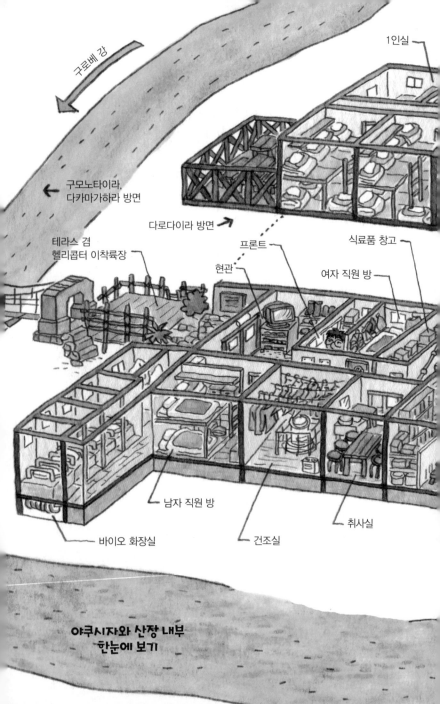

구로베 강

1인실

구모노타이라,
다카마가하라 방면

다로다이라 방면

테라스 겸
헬리콥터 이착륙장

프론트

식료품 창고

현관

여자 직원 방

남자 직원 방

바이오 화장실

건조실

취사실

야쿠시자와 산장 내부
한눈에 보기

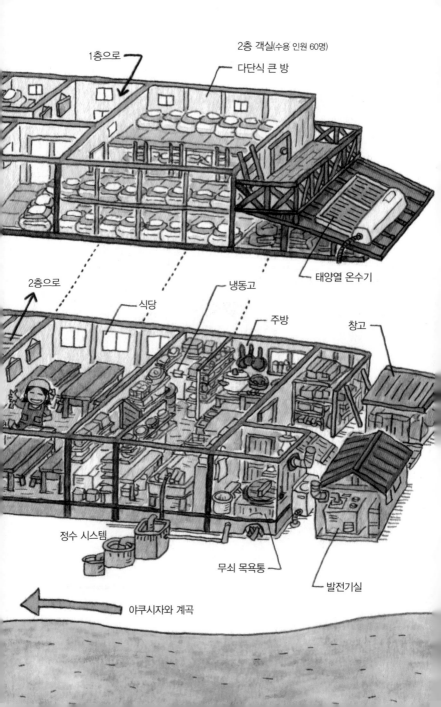

2층 객실(수용 인원 60명)

1층으로

다단식 큰 방

태양열 온수기

2층으로

냉동고

식당

주방

창고

정수 시스템

무쇠 목욕통

발전기실

야쿠시자와 계곡

여름철 나의 방(약 1평)

여자 직원 방. 상하단으로 나눠 사용하기 때문에 천장이 낮다.

있으면 편리한 산장 개인 용품

혼자만의 시간을
즐기기 위한 아이템

무겁지만
읽고 싶은
책이나 전자책

좋아하는
음악

나의 경우.
그림 그리기
세트

태양열 LED 랜턴.
소등 후
더 깨어 있고
싶을 때
사용한다.

등산복은
비싸니까.

산장에
점프 수트
작업복도
있지.

야외 작업을 할 때
더러워져도 괜찮은 옷.
새 옷과 가려서 입으면 된다.

쉽게 미끄러지지 않는 샌들.
산장에도 슬리퍼가 있기는 하지만
개인 슬리퍼가 있으면 좋다.

1장 강 원류 이야기

 2장 산장이 문을 열다

어릴 적부터 막연히 어디 먼 곳으로 떠나고 싶었다. 가까운 주변이 아니라 먼 곳. 우주, 사막, 아프리카 대초원, 드넓은 바다. 그런 곳에는 분명 자신의 가치관을 뒤집어버릴 풍경이 펼쳐져 있을 것이다. 스무 살, 미대에 진학했을 때에도 그 생각은 변함이 없었다. 그래서 그림을 그리며 세계를 여행하기로 마음먹었다.

대학 동아리 활동은 반더포겔('철새'라는 뜻으로, 독일에서 일어난 청년, 학생들의 도보 여행 운동-역자 주)부에 가입했다. 고등학생 때 처음으로 북알프스(도야마현, 니가타현, 기후현, 나가노현에 걸친 히다산맥의 통칭-역자 주)를 등반했을 때의 감동을 잊지 못했기 때문이다. 북알프스 등산 거점에서 능선까지의 긴 등산에 숨을 헐떡이면서 산 정상으로 향한다. 지금은 완전히 익숙해진 다리에서 바라본 풍경과 정상에서 내려다본 연봉도 처음 봤을 때는 이 나라에 이런 풍경이 있다는 것이 놀라워서 환성을 질렀다. 그리고 언젠가 저 능신을 두 발로 걸어보자고 마음먹었다.

대학 시절에는 아무튼 산에 오르는 것이 즐거웠다. 그림에 재능이 없는 자신에게 싫증이 났던 것일지도 모른다. 어느 날, 늘 불쑥 화실을 찾아오는 교수님에게 "그림을 그리는 것보다 산에 오르는 것이 즐거워요" 하고 말했더니 교수님은 "그것도 좋아요!" 하고 고개를 끄덕였다. '그렇구나, 뭔가 깊은 의미가 있구나' 하고 자신의 편의대로 이해했다.

졸업 후 취직할 마음도 없어서 그림을 그리며 세계를 여행하고 싶은 꿈에 대해 진지하게 생각해봤다. 조형미술 아르바이트를 하며 계속 산에 올랐다. 원래 산골짜기 시냇물에서 하는 계류낚시를 좋아했던 나는 이번에는 길 없이 계류를 따라 등산하는 것에 빠져버렸다. 원류에 서식하는 큰 곤들매기 떼를 찾아서 계곡을 걸었다. 능선 종주와 달리 산에서 생활하는 것 같아 재미있었다. 계곡은 생물의 냄새와 생명력이 넘쳐났다. 당연히 세계 여행 경비는 한 푼도 모으지 못해서 방법이 없을까 늘 궁리했다.

취미와 일을 명확히 구분하지 못하는 성격인 내가 고민 끝에 내린 답은 산장에서 일하는 것이었다. 산장에 있는 동안에는 달리 지출이 없으니 돈을 모을 수 있다. 그 돈으로 세계 여행을 떠나자. 가고 싶은 산장은 이미 정해져 있었다. 북알프스의 오지, 구로베 강과 야쿠시자와 계곡이 합류하는 곳에 오도카니 서 있는 야쿠시자와 산장이다. 학창 시절 산을 종주할 때 지나간 적이 있는 곳이다. 산장 앞 흔들다리에서 바라본 강의 풍경과 마음 설레게 한 계곡의 물소리가 나를 사로잡았다.

드디어 희망이 이루어져서 나는 산장에서 첫 여름을 보내게 되었다. 당시의 산장지기는 털바늘 낚시(미끼를 깃털로 만들어 단 바늘인 털바늘을 사용하는 낚시-역자 주)의 달인이어서 털바늘 낚시의 요령과 미끼 대신 사용하는 털바늘에 대한 것들을 배웠다. 이후 여름이 되면 산장에서 일을 하고 돈이 모이면 해외로 여행을 떠났다.

정신을 차려보니, 산장에서 일을 시작하고 맞이하는 12번째 여름이 지났다. 어딘가 먼 곳에 가고 싶은 마음은 지금도 여전한 것 같기도 하고 달라진 것 같기도 하다. 가고 싶은 장소가 세계 어딘가에서 자신의 내면으로까지 넓어졌다. 아직 열어본 적 없는 그 문을 열고 싶고, 손이 닿지 않았던 곳을 만져보고 싶다. 가끔 "그것도 좋아요!" 하고 고개를 끄덕여주었던 교수님의 말이 떠오른다.

스케치를 시작하자 많은 사람들이 모여들었던 동아프리카

그리기 어려워…

그렇게 생각한 네팔 히말라야

역시 실물이 최고야.

안 돼 안 돼 안 돼

파타고니아에서 그림을 그렸더니 추위로 붓이 얼어붙었다.

어어어 빡빡

아마존에서는 발정 난 야생 맥이 덮치기도 했다.

그림을 그리며 세계를 여행했다.
불안하면서도 호기심 넘치는 하루하루였다.

강 원류 이야기

강 원류와 산장

구로베 원류는 어떤 곳일까.

내가 일하는 야쿠시자와 산장은 구로베 강 원류에 있다. 구로베 강은 북알프스 오지에서 시작해 깊고 험한 구로베 계곡을 관통하여 도야마 만으로 나가는 일급 하천이다. 중간에 관광 방수로 유명한 댐이 있다.

댐에서 더욱더 상류로 올라간 해발 1,920미터. 야쿠시자와 계곡물과 구로베 강이 합류하는 곳에 야쿠시자와 산장이 있다. 산장 테라스에서 보면 오른쪽의 강과 왼쪽의 계곡이 정면에서 만나 강 본류가 되어 아래로 흘러간다. 산장치고는 특이하게 강가에 위치한다.

주변은 아고산대답게 침엽수림과 사스래나무 숲으로 둘러싸여 있고 반달가슴곰, 산양, 산토끼, 족제비 같은 야생동물이 살고 있다. 강물을 바라보면, 하얀 화강암 바위에 에메랄드빛 물줄기가 춤추듯 뛰어올라 아름답다. 산장 앞에 걸려 있는 흔들다리 아래서는 곤들매기가 여유롭게 헤엄친다.

그런데 40만 년 전에는 강 원줄기의 흐름이 완전히 달랐다. 상류가 지금보다 동쪽에 있었다. 그리고 현재 산장 앞을 흐르고 있는 강은 고지대에 있는 완만한 용암대지인 구모노타이라 바로 위에서 스고놋코시 부근을 지나 산 서쪽으로 흘러나왔다. 이 둘은 서로 다른 하천이었다.

그랬던 것이 40만~20만 년 전, 서쪽에 있던 화산의 분화로 흘러나온 마그마가 스고놋코시 부근의 물줄기를 막아버렸다. 물길이 막히자 거기에는 거대한 저수지가 생겼고 자갈이 퇴적했다. 그 퇴적한 자갈이 지금의 구모노타이라의 기반이다. 산맥 한가운데에서 갑자기 이곳이 평평한 이유는 저수지의 바닥이었기 때문이다.

그리고 그 거대 저수지는 지류로 인해 무너진다. 그때 그곳으로 대량의 물이 단번에 쏟아져 원래 상류였던 곳이 지류가 되었고 구로베 강의 상류는 지금의 물줄기로 변했다. 길 없이 계류를 따라 하는 등산의 상급자 코스로 유명한, '가미노로카'로 불리는 상류부가 여러 번 굽어 꺾이고, 300미터급 암벽이 우뚝 솟은 것도 이때의 대붕괴가 원인이다.

야쿠시자와 산장 주변의 산에는 같은 회사에서 운영하는 다로다이라 산장, 다카마가하라 산장, 스고놋코시 산장이 산을 둘러싸듯이 점재해 있다.

이 중 다로다이라 산장의 수용 인원은 150명이다. 네 곳의 산장 가운데 규모가 가장 큰 이곳이 각 산장의 사령탑 역할을 하고 있다. 헬기를 통한 식재료 및 일용품 공급과 조난 구조 시의 연계도 이곳의 무전 지시를 따른다. 등산로 입구가 있는 오리타테 방면, 주요 산 중 하나인 야쿠시다케 방면, 가미노다케 방면, 그리고 야쿠시자와 산장 방면의 등산로가 교차한다. 사람들의 왕래가 많아 시끌벅적한 곳이다.

산장은 '다로베에다이라'라고 하는 능선 위의 탁트인 장소에 있어서 산들의 멋진 경관을 볼 수 있다. 고도 2,330미터로, 날씨가 좋은 밤에는 밖에 나가면 커다란 돔에 둘러싸인 것처럼 사방 360도에서 수많은 별이 쏟아져서 할 말을 잃게 만든다. 아침에는 방사냉각으로 생긴 운해(雲海)가 평야에 바다를 만들고 구름의 파도 사이로 아침 해가 얼굴을 내민다.

다로베에다이라의 지명에는 이런 유래가 있다. 에도 시대(1603~1868), 도야마현 남부에 '나가토나마리야마'라는 광산이 있었다. 그곳의 채굴업자로 집호(집이나 대지의 각 세대에 붙이는 성(姓) 이외의 통칭. 조상, 직업, 집의 본가·분가 관계에 따라 가려서 불렀다-역자 주)가 '다로베에'라는 사람이 있었는데 그 다로베에의 2대가 이 장소에 주목했다. 그는 이곳에 금과 은의 광맥이 있다고 추측하여 지금의 다로다이라 산장보다도 가미노다케에 가까운 곳을 시굴하며 다녔다.

결국 아무것도 나오지 않았던 모양이다. 지금은 시굴 흔적도 없지만 다로베에가 땅을 팠던 그 장소에는 '다로베에다이라'라는 이름이 남았다. 야쿠시자와 왼쪽 지류에서 금광맥을 발견했다는 옛 기록도 있기 때문에 어쩌면 의외로 이곳 가까이에 금이 잠자고 있을지 모른다.

야쿠시자와 산장에서 안쪽으로 5시간 정도 들어가면 다카마가하라 산장에 도착한다. 고도 2,130미터다. 고개를 넘고 작은 골짜기를 건너서 숲을 빠져나가면 갑자기 시야가 트이며 하늘이 열린다. 습원이 펼쳐져 선녀가 피리라도 불 것 같은 여유로운 공기가 흐르고 있다. 나도 처음 갔을 때는 바로 여기가 하늘에 있는 신이 사는 천상의 나라가 아닐까 생각했다.

옛날 구로베에 있었다는 산적 이야기에도 '진짜 천상의 나라는 이곳이었는데 너무 오지라서 불편했기 때문에 봉우리로 날아서 돌아갔다'고 하는, 신화 속에 나오는 관련된 일화가 있는데, 사실 '다카마가하라'라는 지명은 1926년 이후 지어진 것으로, 그 이전에는 아예 다른 이름으로 기록되어 있기 때문에 실제로 신화와의 관계성은 없다고 할 수 있다. '다카마'는 고지(高地)라는 의미이고 거기에 빈터가 펼쳐져 있어서 지금의 이름이 되었다.

다카마가하라 산장은 원래 광산 노동자의 숙소였다. 1929년부터 1945년까지 한 광산이 이 주변에서 몰리브덴을 채굴했다. 그러나 오지라서 인력으로 운반하는 데 비용이 들었다. 결국 채산이 맞지 않아 처분한 것을 선대 경영자가 구입해 산장으로 바꾸어 영업을 시작했다. 이런 에피소드가 있기에 다카마가하라 주변에는 눈에 띄지 않지만 지금도 광산의 흔적이 남아 있다.

그리고 이곳은 일본에서 가장 오지에 있는 온천으로도 유명하다. 산장에서 15분 정도 걸어가면 강가에 남녀혼욕으로 3개의 노천 온천이 만들어져 있다. 원천(源泉)은 상류에 있고 매해 장소는 바뀌는데 거기서 호스로 물을 끌어온다. 강물이 흐르는 소리를 들으면서 뜨거운 온천에 몸을 담그면 그야말로 최고의 기분을 만끽할 수 있다. 하지만 큰비가 오면 물이 불어나서 들어갈 수 없다. 온천물은 뿌옇고 유황 냄새가 강하게 난다. 이곳에서 사용한 수건을 실수로 다른 세탁물과 같이 빨면 옷에 유황 냄새가 배므로 주의해야 한다.

가끔 이 주변에서 갓파(물속에 산다는 어린애 모양을 한 상상의 동물 -역자 주)가 나타난다는 말도 있다. 밤중에 온천에 갔던 그곳 산장지기가 직접 봤다고 한다. 작은 갓파의 그림자가 도망갔는데 도저히 인간이라고는 생각할 수 없는 느낌이었다며 웃었다.

스고놋코시 산장은 다로다이라 신장에서 산을 넘어가면 나온다. 해발 2,270미터다. 평야와 강이 보이는 능선 위에 있는, 숲으로 둘러싸인 아담한 산장이다. 곰의 기척이 많은 곳이기도 하다. 야쿠시다케에서 다른 산 방면의 종주로에 있어서 사람이 그다지 많지 않아 조용한 산행을 즐길 수 있다. 지세의 오르내림이 심해 싫어하는 사람도 있는데 나는 정상을 여러 번 밟을 수 있기에 좋아하는 루트 중 하나다.

이곳의 지명은 지세의 기복이 심해서가 아니라 곰의 기척이 많은 데서 유래한다. 즉, 이렇다. 북알프스 북부에 있는 다테야마 산 근처에 농사를 짓거나 숯을 굽고 사냥을 해서 생계를 이어온 사람들이 사는 지역이 있었다. 이들은 옛날부터 이 산을 오르는 사람들에게 등배(登拜, 신이 머무는 신성한 산에 숭배하는 마음으로 오를 때 등산이라 하지 않고 등배라고 한다-역자 주) 안내를 하거나 신불의 마음을 알려주는 역할도 맡았다.

이 지역 엽사의 곰 사냥 방식은 주로 동면하는 곰을 굴에서 내쫓아 사냥하는 것이다. 그러나 봄이 되면 깊은 산중에서는 곰을 둘러싸서 사냥하는 '몰아치기'가 주류가 된다. 몰아치기는 곰을 모는 몰이꾼과 사수가 필요한 사냥이라 많은 사람이 산에 들어간다.

그리고 사냥이 일단락되면 사람들은 어딘가에서 합류를 하게 되는데 이 장소를 정할 때 스고놋코시 산장 근처에 있는 산인 현 스고노즈코 산이 기상이나 지형적으로 멀리 볼 수 있어서 기준으로 삼기에 적합했다. 엽사들은 그곳을 기준으로 모여서 사람 수와 잡은 사냥감의 수를 셌다. 이 수량 맞추기를 이곳 말로 '스고(數合)'라고 한다.

지금의 지명은 이것에서 유래한 것이다. 스고놋코시, 스고노즈코, 스고타니 등의 이름이 모두 이 수량 맞추기의 음독에서 유래한다. 마찬가지로 이 근처에서 능선을 넘은 곳에 수렵장이 있었던 누쿠이타니라는 지역의 이름도 '따뜻하다'의 방언인 '누쿠이'의 음독에서 유래한다.

다시 산장 이야기로 돌아가자. 그런 환경 속에서 내가 여름 동안 주로 하는 일은 산장의 관리다. 산장을 이용하는 등산객을 응대한다. 산장 개장 때를 제외하면 하루 시간의 대부분을 청소와 조리에 사용한다. 계속 이불을 개고 바닥을 닦고 대량의 음식을 만들고 설거지를 한다. 바빠서 밖에 나갈 틈이 없는 날도 있다.

　그런데도 하루하루 이야기가 있어서 즐겁다. 매일 많은 일이 일어나고 많은 손님이 오고 계절이 조금씩 변한다. 산장이 아니어도 일어나는 일들이지만 여기서는 이런 것들을 직접 느낄 수 있다. 여행을 떠나는 것이 아니라 여행이 나에게 찾아와주는 그런 느낌이다.

　나에게 구로베 원류, 야쿠시자와 산장은 그런 장소다.

산장 창세기

앞서 네 곳의 산장을 간단히 소개했는데, 이들 산장이 언제 지어졌는지에 대해서 좀 더 알아보자.

가장 먼저 지어진 것은 다로다이라 산장이다. 이 산장에는 전신이 있는데 거기에는 장대한 등산 프로젝트 스토리가 있다.

1920년대, 이토 고이치라는 거부가 있었다. 일본 산악회 소속인 그는 엄동기의 야쿠시다케 최초 등정부터 구로베 원류 지역 탐사, 해발 3,180미터의 산인 야리가다케의 최초 종주를 계획했다. 당시는 일본의 적설기 등산이 갓 시작되었던 때였다.

그는 산을 오르는 모습을 영상에 담기 위해서 빈틈없는 준비를 시작했다. 한 번의 겨울 등산을 위해 사비 20만 엔을 들여 산장 세 곳을 건설한 것이다. 지금 돈으로 환산하면 약 2억 7천만 엔이니 엄청난 액수다. 그때 지어진 산장들이 다로다이라 산장과 다른 산장의 전신이 되었다.

그는 막대한 돈을 등산에 쏟아부었다. 주변 마을을 끌어들여 대량의 물자와 인부를 투입했다. 원정은 1924년 11월에서 이듬해 4월에 걸쳐 이루어졌다. 쾌적한 환경을 갖추었다고는 하지만 한겨울의 산이었으니 인부들도 크게 고생했을 것이다.

원정 결과 등산과 산악 영상 촬영은 성공을 거두었다. 근대 등산에서 선구적인 사건이었다. 산행을 촬영한 필름은 궁내성(궁중의 사무를 관장하던 관청, 현재는 궁내청-역자 주)에 헌상되어 '일본 알프스 설중 등산'이라는 활동사진이 각지에서 상영되었다.

그런데 돈으로 해결한다는 자세가 당시 등산계로부터 미움을 받는지 그는 일본 등산 역사에서는 그리 크게 다뤄지지 않았다. 그의 이름과 공적이 영상과 함께 빛을 볼 수 있었던 것은 1989년 이후였다.

그렇게 그 등산을 위해 지어진 세 곳의 산장은 다음 해부터는 영림서(국유임야 및 귀속 임야를 관리하고 경영하는 지방 관서-역자 주) 관할이 되어 등산객이 이용할 수 있게 되었다. 그중 가미노다케 산장은 다테야마 산의 한 취락이 관리를 맡게 되었고, 1926년 이후 원래 있었던 곳에서 다로베에다이라 고원으로 옮겨 세워졌다. 이후 1955년에 다테야마 산 등산로 입구에서 토산품점을 운영하며 가이드 대기소를 겸했던 이소지마상사에게 넘어갔다. 그러나 그 무렵에는 산장도 붕괴 직전 상태였고 남아 있던 지붕도 날아가 버렸다. 그런 상황에서 다로다이라 산장의 건설이 시작되었다.

그 당시에는 헬기로 짐을 옮기지 않고 전부 사람의 힘으로 하나하나 옮겼다. 짐을 나르는 인부는 일인당 100킬로그램의 짐을 산 위까지 지게로 날랐다. 말만 들어도 허리가 부서질 것 같은 무게다. 현재 사용하는 산 등산로 입구도 없었을 때라 차가 들어가는 마지막 마을까지 가서 거기서부터 약 사흘에 걸쳐 짐들을 산 위로 옮겼다.

이렇게 해서 8월 초에 산장이 완성되었다. 그해 산장 숙박자 수는 50~60명이었다. 지금은 한 시즌에 8~9,000명이 이용하니까 그 당시 산은 상당히 조용했을 것이다.

식사에 필요한 쌀은 등산객이 자기가 먹을 양을

갖고 가는 시스템이었다. 메뉴는 카레라이스와 달걀덮밥, 그 두 가지가 반복되었다. 덫으로 토끼를 잡으면 토끼고기 카레가 되고, 손님이 많으면 그만큼 카레도 싱거워졌다.

댐 공사를 위한 차도(車道)가 현재 등산로 입구가 있는 오리타테까지 개통되어서 이곳에서 오르는 등산로도 정비되었다. 다로다이라 산장은 현재 위치에 한층 더 크게 다시 지어졌다. 영림서가 관리하는 피난산장이었던 스고놋코시 산장도 이소지마상사에서 관리를 시작해 1960년에 새로 지었다.

그 무렵 다로다이라 산장에 특이한 인물이 찾아왔다. 다테야마 산에서부터 종주해서 온 50대 남성인데 그는 자신을 '산의 신'이라 소개하면서 "이렇게 손을 비비면 구름이 걷힌다"고 했다. 또, 돈은 필요 없다면서 산장에 머물며 식객인 양 행세했다.

그는 등산객들에게 마사지 서비스를 해주었는데 어느 가을날, 스고놋코시 산장에서 30대 여성을 만나 사랑에 빠졌다. 결국 '산의 신'은 그 여성과 달아나버렸다. 그 후 그의 소식은 알 수 없다.

이후에도 등산객은 계속 늘어나 1963년에는 야쿠시자와 산장이 건설되었다. 아이치대학 산악부 학생 13명이 겨울에 야쿠시다케에서 조난 사고로 사망한 해다.

광산이 소유하던 다카마가하라 산장은 1968년에 이소지마상사가 관리를 맡게 되었고 1971년에 정식 영업 허가를 취득했다.

2장

산장이 문을 열다

입산

6월이 되면서부터 저녁에 집에 돌아와 현관 문을 열면 실내가 습하고 더운 공기로 가득하다. 그들은 대개 이런 날에 나타난다. 납작한 몸과 그 신체 능력으로 사람을 놀래는 것을 좋아하는 걸까. 나는 비명을 지른다. 이 계절, 첫 바퀴벌레가 나오면 슬슬 산에 들어갈 계절이란 것을 깨닫는다. 짐을 꾸려야 한다. 가장 싫어하는 바퀴벌레가 없는 구로베 원류로 여행을 떠나는 것이다.

어릴 적부터 준비성이 좋았던 나는 매해 산장을 내려올 때 개인 소지품의 재고표를 만든다. 석 달 반, 쇼핑을 할 수 없는 생활을 하기 때문에 챙겨야 할 물건을 깜빡해선 안 된다. 평소보다 많이 움직이기 때문에 양말은 의외로 구멍이 잘 난다. 그래서 그런 것은 넉넉히 챙긴다. 남성 직원 가운데 작업 중에 속옷이 연거푸 찢어져 입은 것을 포함해 두 장밖에 남지 않았다는 사람도 있었다.

참고로 그 직원은 야쿠시자와 산장의 산장지기다.

산장지기는 산장의 주임인데, 지금의 산장지기는 아카즈카 도모키라는 이름의, 이곳에서 산장지기를 한 지 10년째인 베테랑이다. 나와 9년째 같이 일하고 있다. 우리 둘은 사이가 좋지만 산을 내려오면 일절 연락하지 않는다. 모두 이 사실에 대해 놀라는데, 의외로 이것이 사이를 오래 유지하는 비결일 수도 있다.

입산하는 날 이른 아침, 도야마 역에 도착한 고속버스에서 내려 지방 철도를 타고 다테야마 역으로 향한다. 오래 전에 지어진 목조 건물의 역사가 남아 있는 로컬선이다. 덜컹덜컹, 덜컹덜컹, 소리를 새기는 열차 리듬에서 예스러운 정겨움이 느껴진다. 이윽고 열차는 시가지를 빠져나가고 눈앞에 전원 풍경이 펼쳐진다. 내가 일하는 산장이 있는 도야마의 6월 말 풍경은 모내기를 끝낸 논과 앞으로 모내기를 시작할 논이 뒤섞여 있다. 차창으로 밖을 내다보니 열차 소리에 놀란 꿩 두 마리가 선로 옆에서 튀어나왔다.

도쿄 생활과 산장 생활은 완전히 다른 시간 속에 있다. 예를 들어, 여행에서 돌아온 뒤 시간이 지나 다시 여행을 떠나도 지난번 여행의 연속인 것처럼 시간은 동시에 평행으로 흐르고 나는 그 공간 속을 이동한다. 이 열차는 산장의 시간으로 갈아타기 위한 열차다. 산장에서 생활하는 내가 되기 위해 필요한 부분이 바뀐다.

역에 도착한 뒤 집합 장소로 가서 정겨운 얼굴, 처음 보는 얼굴과 인사를 한다. 자, 올해는 어떤 사람이 산장에 와줄까. 모두 모인 곳에서 마스터가 소개를 한다. 마스터는 산장 네 곳의 경영자이자 이소지마상사의 사장인 이소지마 히로후미 씨다. 앞서 말한 산장이 막 문을 열 때부터 이 일대를 지켜본 산사람으로, 지금도 성수기에는 다로다이라 산장에 오른다. 내가 일이 서툴렀던 시절부터 지금까지 걱정은 할지언정 트집 한 번 잡지 않고 항상 고맙다고 말해주는 사람이다. 손님에게도 그런 배려의 자세로 대하기 때문에 팬이 많다.

입산일에는 다로다이라 산장까지 가면 된다. 이번에 산에 들어가는 것은 중기(中期) 멤버로, 장기(長期) 멤버는 한 달 전에 입산했고 다로다이라 산장은 이미 영업 중이다. 마스터가 없는 동안 이곳의 대장은 마스터의 사위 고노 가즈키 씨다. 그는 산과는 전혀 관계 없는 생활을 하다가 마스터의 딸과 결혼하면서 산장에 들어왔다. 성실하고 상냥하며 몸이 크고 힘도 세다. 그가 팔씨름이나 씨름에서 졌다는 이야기는 아직 듣지 못했다. 이곳에 오는 아르바이트 가운데 가즈키 씨와 씨름으로 한판 붙었다가 연못에 내던져진 사람이 적지 않다.

이렇게 모두 집결하는 것은 입산하는 날 하루뿐이다. 다음 날에는 각자 일할 산장으로 흩어진다. 야쿠시자와 산장 개장 멤버는 세 명. 산장지기, 나, 그리고 그해 남성 아르바이트다.

어중간하게 잔설이 남아 있는 등산로는 눈 밑이 텅 비어 있어서 가끔 구멍을 밟아 균형을 잃는 일도 있다. 등에 짊어진 귀한 식재료인 달걀이 걱정이다. 그래도 두 시간이 걸리지 않아 산장 바로 앞에 있는 얼룩조릿대 들판에 도착한다.

거기서 폭 좁은 능선을 내려가면 정겨운 우리 집이 나온다. 능선에 한 발 내딛자 오른쪽에서 강 본류가 쏴아 하고 큰 소리를 내며 흐르고, 왼쪽에서도 계곡의 물소리가 떠들썩하게 들린다. 올해도 강 원류의 한가운데로 돌아왔다는 생각에 가슴이 설렌다.

산장의 문을 열 때의 가장 큰 걱정거리는 산장의 상태다. 우선 산장이 무사히 서 있나 하는 걱정이 든다. 다음은 동물로 인한 피해다. 동물이 들어와서 식재료를 엉망으로 해놓지 않았는지 걱정된다. 지난해에 쓰고 남은 쌀과 건어물은 식재료와 일용품을 공급하는 첫 헬기가 뜰 때까지의 중요한 식량이다. 대개는 쥐와 담비가 이를 조금 가져가곤 하는데, 조금이 아니라 한겨울을 이곳에서 났나 싶을 정도로 엉망이 되어 있으면 온몸의 힘이 빠져버린다. 어쩔 수 없다.

옛날에는 동물이 아니라 인간이 이곳의 식재료를 몰래 먹은 적도 있다고 한다. 등산이 시작될 때 쓸 곤들매기를 낚시하러 갔더니 산장의 식재료를 먹으며 지내는 사람이 있어서 직원이 붙잡았던 일이 있었다고 한다. 산 아래로 쫓아내 경찰에 넘겼는데 도중에 어디로 도망쳤다나 어쨌다나.

아무튼, 동물이 어지럽힌 곳에 생긴 엄청난 곰팡이 제거와 분뇨, 식재료 뒷정리는 정말 힘들다. 도쿄

에서 꺅꺅 비명을 지르며 바퀴벌레를 향해 살충제를
뿌려대는 것이 편했을지도 모른다.

헉!

이 쓰레기 산은 뭐야….
게다가 냄새까지….

어느 해, 산장의 문을 열었을 때
한 말짜리 깡통에 넣어둔 식재료를
담비가 전부 먹어버렸다.

미역은 싫었는지
불은 미역이 바닥 여기저기에
어질러져 있었다.
일회용 마스크도 전부 찢어놓아
실내에 날리고,
오줌 분말에는 손들었다.

우웩

이건 정말
손 들었어…

한 말짜리 깡통 안에
담비 똥 한 덩이가 턱.
안에 들어가서 먹었구나.

51

물 사정

등산객에게 있어 좋은 날씨는 기쁜 일이다. 하지만 너무 맑은 날만 계속되면 산은 가물어서 물이 마른다. 삼림한계선을 넘는 능선의 산장은 아래 계곡에서 물을 끌어오기도 하지만 빗물에 의존하는 부분도 있어서 물은 더욱 귀하다. 일반적으로 이런 산장에서는 숙박객 이외의 등산객에게는 돈을 받고 물을 판매한다. 1리터당 200~300엔 정도가 시세다.

이런 면에서 이 산장의 수원은 건너편 기슭의 계곡물이라 마를 일이 없다. 고원에서부터 해발 500미터 차이인 곳을 몇 년에 걸쳐 여과되어 솟아나는 물이라서 정말 맛있다. 물론 등산객도 무료로 퍼간다. 산장에서는 이 시원한 물을 음용수로 마시고, 설거지와 청소에도 사용한다. 산장에 들어와 며칠 지내면 몸속의 수분이 이 물로 교체되어 건강해지는 느낌이 든다.

산장을 개장하면 가장 먼저 하는 것이 물을 끌어오는 일이다. 강 건너편의 폭포가 수원이라서 그곳에 취수구를 설치한다. 폭포 옆쪽 벽을 따라 호스를 풀면서 흔들다리를 건너 산장까지 끌고 온다. 발밑이 미끄러워서 조심해야 한다. 폭포 위쪽과 산장과의 고저 차이에 의한 수압으로 산장 내부까지 물이 고르게 들어온다. 호스는 본선과 보조선, 두 줄을 설치한다.

"물, 갑니다" 하는 산장지기의 신호를 듣고 연결부에 호스를 끼우면 꿀럭꿀럭 하는 공기 소리와 함께 순식간에 물이 쏟아진다. 쏴아 하는 소리가 주방 안에 울려 퍼지면서 산장이 되살아난다. 산장 안에 물이 흐르기 시작한 것이 기뻐 나도 모르게 함성을 지른다.

야쿠시자와 산장의 물은 이렇게 해서 비교적 쉽게 끌어올 수 있는데, 스고놋코시 산장은 수원이 산장에서 1,300미터나 떨어진 곳에 있기 때문에 쉽지 않다. 산장을 개장할 시기에는 잔설도 많아 눈에 묻힌 호스를 파내며 경사면에 호스를 연결한다. 상황에 따라서는 일주일 가까이 물이 나오지 않을 때도 있다. 그동안은 빗물에 의존하기 때문에 직원은 몸을 씻을 수도 없다.

다로다이라 산장도 사정은 비슷하다. 이곳은 개장이 6월 초순으로 빨라서, 눈이 많은 해는 물을 끌어오는 데 애를 먹는다. 수원까지 5미터 넘게 눈을 판 적도 있다. 수직으로 여러 개의 구덩이를 판 다음 거기에 옆으로 굴처럼 낸 터널을 통해 호스를 끌어온다. 그렇게 고생한 만큼 물이 나올 때의 기쁨은 더 크다. 다로다이라 산장의 가즈키 씨는 언제나 이 호스에서 나온 첫 냉수를 머리에 뿌리며 기쁨을 표현한다.

물이 풍부해서 물을 끌어오는 데 어려움이 없는 야쿠시자와 산장도 큰비로 강물이 불어나기 시작하면 상황은 완전히 달라진다. 물이 탁해지기 때문이다. 흙 같은 불순물이 섞이는지 물이 탁해지면서 이내 갈색으로 변해버린다. 그렇게 되기 전에 물을 받아두어야 한다. 밤에 비가 올 것 같을 때는 잠자기 전에 물을 받아둔다.

비가 많이 내리면 물이 끊기는 경우도 있다. 취수용 양동이에 덮은 망 위로 낙엽이나 잔가지가 쌓이거나 물의 흐름이 너무 강해서 호스에 공기가 들어가기 때문이다. 매어놓은 줄이 풀어져 폭포 위에서 내동댕이쳐진 취수용 통이 본류에 삼켜 들어간 적도 있다. 이렇게 되면 더 이상 손을 쓸 수 없다.

야쿠시자와 산장은 물은 풍부하지만 물로 고생하는 산장이기도 하다.

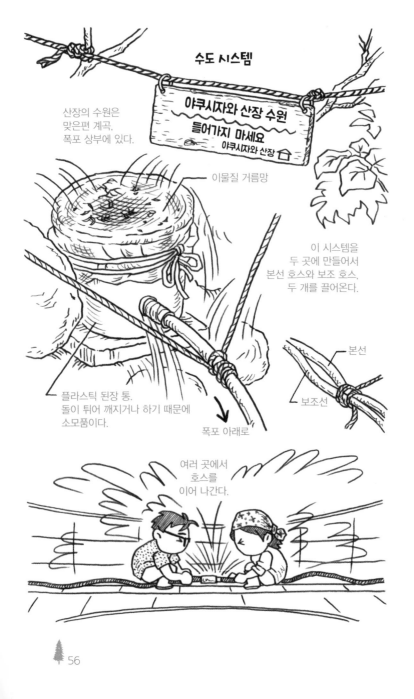

수도 시스템

산장의 수원은
맞은편 계곡,
폭포 상부에 있다.

야쿠시자와 산장 수원
들어가지 마세요
야쿠시자와 산장 ⬆

이물질 거름망

이 시스템을
두 곳에 만들어서
본선 호스와 보조 호스,
두 개를 끌어온다.

본선

보조선

플라스틱 된장 통.
돌이 튀어 깨지거나 하기 때문에
소모품이다.

폭포 아래로

여러 곳에서
호스를
이어 나간다.

수원지

나무에
호스를
고정한다.

산장으로

가끔 호스에 공기가 들어가
물이 안 나오는
경우가 있다.

공기

모래가 차니까
수도꼭지를
틀어놓은 채로
두세요.

본선   보조선

수조

화장실

(산장 내 물 경로)

취사실

주방   옥상 위
                        태양열온수기

샤워

                세탁기

전기와 전파

산에는 전기가 들어오지 않는다. 그래서 등산
객은 어두워도 걸을 수 있도록 헤드라이트를
휴대한다. 이곳 산장에서는 아침과 밤의 어두운 시간
대에만 발전기를 돌려 불을 켠다. 그리고 그 사이에
배터리를 충전해두어서 발전기를 돌리지 않는 시간
대에는 충전한 전기를 이용한다. 옛날에는 소등 시간
전에 램프를 켜고 산장 안을 돌았는데 지금은 LED등
을 밤새 켜두기 때문에 소등 후에도 밝다.

옛날이라고 해봤자 10년 전쯤의 이야기다. 이전
에는 아침 식사를 준비할 때도 반딧불처럼 희미한 상
야등(常夜燈)과 헤드라이트 불빛에 의존해 식사를 준
비했다. 음식 중에서도 톳으로 만든 반찬은 특히 잘
보이지 않았다. 톳이 들어간 냄비 안이 까맣게 보였는
데, 어두워서 뭐가 뭔지 알 수가 없었다. 톳을 한 스푼
씩 퍼서 접시에 담는데 발전기가 돌아가기 시작해 밝
아지면 접시 여기저기에 톳이 흩어져 있었다.

게다가 이곳은 골짜기의 가장 낮은 곳이라 낮에도

산장 내부가 어둡다. 주위가 환한 밖에서 산장 안에 들어온 등산객은 산장 안의 어둠 때문에 현관에서 순간 몸이 굳어진다. 또, 접수 용지의 글자가 작아서 그렇지 않아도 노안이 있는 중년층은 아무리 눈을 가늘게 뜨고 용지를 멀찌감치 떼고 봐도 뭐라고 쓰여 있는지 안 보인다. 하지만 최근에는 LED등으로 내부의 밝기가 크게 개선되었다. 정말이지 획기적인 일이다.

야쿠시자와 산장은 이렇게 해서 내부가 밝아졌는데 다카마가하라 산장은 지금도 램프를 켠다. 그것도 나름대로 멋스러워서 좋다. 다카마가하라 산장의 산장지기는 취재차 온 TV 방송국 사람에게 "발전기 소리에 잠이 깨는 것보다 새소리에 깨는 게 정취가 있잖아요" 하는 명언을 남겼다.

산에서 내려와 도쿄에 돌아가면 출퇴근 지하철에 시달리는 피곤한 얼굴과 밤거리를 밝히는 불빛을 보며 생각한다. 이 세상이 산장처럼 밤 9시에 불을 끈다면 모두가 제대로 잠잘 수 있을 텐데, 하고. 그런 일은 불가능하다는 것을 잘 안다. 그래도 밤에는 누군가와 같이 저녁 식사를 하고 제대로 잠을 잘 수 있는 생활이 좋다.

이곳에는 전파가 닿지 않는다. 요즘 능선에 위치한 산장은 전파가 통하는 곳도 많아서 '어느 통신사는 안테나가 몇 개 선다', '어디에는 전파가 잘 터진다' 하는 이야기도 있지만 이곳은 그런 이야기와는 전혀 무관한 곳이다. 골짜기의 가장 낮은 곳에 지어졌기 때문에 전파가 닿지 않기 때문이다. 연락 방법은 업무용과 조난 대책용 무선 회선 두 개뿐이다.

업무용 무선으로는 같은 산장 그룹의 산장 네 곳과 업무에 관한 교신을 한다. 매일 아침저녁 두 번, 정해진 시간에 이루어지는 정시 교신에서는 전파가 통하는 다로다이라 산장에서 일기예보, 숙박자 수, 등산객의 이동 상황, 각 산장의 예약, 그 이외의 연락 사항을 전달한다. 이쪽에서도 같은 내용을 알린다.

이 정시 교신으로 각 산장이 얼마나 바쁘고 등산객이 어떻게 이동하고 오늘은 숙박객이 몇 명 정도 있을지 예상한다. 산장에는 예약 없이 찾아오는 숙박객도 적지 않아서 산장에 들어오는 예약 수가 곧 숙박객 수라고는 할 수 없다. 식사 준비도 그 예상에 맞춰서 해야 한다. 산에 오른 등산객의 수와 날씨의 영향도 받고 계절에 따라서도 좌우된다. 대개는 예상이 맞지만 빗나갈 때도 있다.

만든 음식이 남는 것은 그나마 낫지만 부족할 때는 난처하다. 저녁 식사 준비가 끝나 가는데 예약 없이 띄엄띄엄 사람이 계속 찾아오는 경우는 정말 난감하다. 산장지기가 주방에 얼굴을 내밀며 "식사, 둘 추가"라고 할 때마다 심장이 오그라든다. 대체 앞으로 몇 명이 더 올까. 수북이 담은 반찬의 양을 조절한다. 최악의 경우, 예약 없이 늦게 도착한 사람에게는 식사를 제공할 수 없으니 이해해주기 바란다. 아니, 이야기가 삼천포로 빠지고 말았다.

조난 대책용 무선은 말 그대로 조난 사고가 발생했을 때 연락을 주고받기 위한 라인이다. 산장, 경찰과 소방서 등, 조난 구조에 관련된 모든 기관이 수신한다. 관할은 현(県)별로 나뉘어 있기는 한데 능선은 현의 경계인 곳도 많아서 임기응변으로 대응한다.

조난 사고가 발생해 구조 요청을 받아 헬기가 출동할 때는 각 산장에서 알려준 날씨 정보가 비행의 판단 기준이 된다. 산의 지형은 복잡해서 여기서는 하늘이 활짝 트여 있어도 가까운 능선에는 가스가 끼어 있는 경우가 있다. 능선과 능선 사이도 마찬가지로, 가스가 있는 곳과 없는 곳이 있다. 구조 시에는 헬기가 그 사이를 뚫고 나가듯이 비행한다. 그래서 조난 대책 무선이 술렁이기 시작하면 언제든 무선에 응답할 수 있도록 산장도 바싹 긴장한다.

전파가 닿지 않는 산장에서는 인터넷이나 메일, 전화 벨 소리에서 해방된다. 스마트폰은 음악을 듣고 사진을 찍고 알람을 설정하는 도구가 된다. 그래도 산장이라는 폐쇄 공간에서는 큰 불편을 느끼지 못한다. 생활 자체가 불편함 속에 있기 때문에 당연하게 느껴진다.

그렇기는 하지만 한 달에 한 번 정도는 전파가 터지는 다로다이라 산장까지 나간다. 다로다이라는 산의 도시다. 와이파이도 연결되고 생맥주도 판다. 모두에게 인사를 한 후 메일을 확인한다. 지인들은 내가 여름 동안 전파가 닿지 않는 산속에 있다는 것을 알기 때문에 와 있는 메일이라고는 스팸 메일 뿐이다.

전파가 닿지 않으니 휴대전화 대신 평소에는 쓰지 않는 편지를 쓰곤 한다. 산장에서 스케치한 그림을 그림엽서로 사용한다. 편지는 산장에 자주 들르는 사람들에게 부탁해 산 아래의 우체통에 넣는다. 답장은 한 달에 한 번 헬기로 받는 짐에 들어 있거나 산 아래에서 올라오는 지인이 가져다준다.

그러고 보니 이전에 직원에게 이별 편지를 갖고 올라와 전해준 사람이 있었다. 교제 중이던 여성이 보낸 이별 통보 편지였는데 직원은 "그 사람, 불행의 편지를 가져왔다"고 슬픈 표정을 지었다. 전파가 닿지 않는 야쿠시자와 산장에서는 스마트폰의 메시지 한 통으로 전하는 이별 인사는 통하지 않는다.

곰 피해

산장의 문을 열 때 동물에 의한 피해가 있다는 이야기를 했는데 이곳도 곰의 습격을 받은 적이 있다. 내가 경험한 것은 한 번이지만 곰에 의한 피해는 산장에 있어서 큰 문제다.

그해 산장의 문을 열 때였다. 현관 앞은 다른 때와 크게 다르지 않았는데 산장 주변을 한 바퀴 둘러본 산장지기가 흥분하며 말했다.

"주방 입구로 들어갔어요. 곰이 주방을 엉망으로 만들었어요."

"어머나, 곰이요? 지금도 있어요?"

산장지기는 어이없다는 표정으로 "없어요" 하고 말했다. 난처한 얼굴로 미간을 찌푸리며 한숨을 내쉬었다.

곰이 산장을 어지럽힌 것은 나로서는 첫 경험이어서 약간의 흥분을 억누르지 못한 채 주방으로 들어갔다. 와, 심하다. 세상에, 일거리가 하나 더 늘어버렸다. 흥분이 가시지 않은 상태에서 주방의 잔해를 보고 이번에 침입한 곰의 행동을 상상했다.

먼저, 주방 입구 옆에 남아 있는 손톱자국을 보면 문 끝에 손톱을 걸어 문을 열려고 했다는 것을 알 수 있다. 그러나 문이 쉽게 열리지 않자 몸을 던져 문을 부수고 침입했다.

그런데 주방의 커다란 작업대가 거슬렸다. 이것은 쭉 밀면 쉽게 움직이니까 문제없다. 그리고 뭔가 음식 냄새가 나는 쓰레기통을 뒤집어본다. 그러나 빈 컵라면 용기와 먹을 가치가 없는 것들뿐이다. 먹을 게 없나 찾아보려 안쪽 저장고 앞까지 가서 두 발로 섰다.

곰의 배와 등이 달라붙을 만한 그 좁은 공간에서 곰이 저장 박스의 뚜껑을 앞에서 들어 올리는 자세를 취하기는 어려웠을 것이다. 안쪽에서 앞을 향해 뚜껑을 열려고 했지만 경첩이 붙어 있는 쪽이라서 열리지 않는다. 어떻게 할 수 없을까 하고 발톱을 세워 저장 박스를 긁어보지만 뚜껑은 열리지 않는다.

결국 화가 난 곰은 저장 박스를 넘어뜨린다. 그런데 그것은 오산이었다. 저장 박스는 뚜껑이 벽 쪽으로 향한 채 넘어졌다. 안에서 굴러 나온 것은 가장 위에 있던 매실장아찌 용기. 새콤달콤한 냄새에 엉겁결에 덥석 물었는데 신맛에 입을 오므려 뱉어버렸다. 그래도 포기하지 않고 저장 박스와 뚜껑과의 좁은 틈에 손을 쑤셔 넣었는데, 마침 거기에 있었던 것은 밀가루 봉지였다. 발톱을 세워 푹 찌른 순간 하얀 밀가루가 뿜어 나오자 곰은 놀라서 캑캑 기침을 한다.

생각보다 먹을 것을 찾지 못한 곰은 화가 나서 저장 박스를 포기하고 주방의 가스레인지 위로 올라가 창의 유리를 깬다. 그런 다음 아래로 내려와 얇은 벽을 주먹으로 부쉈다. 그리고 불쾌한 듯 으르렁거리며 밖으로 나가버렸다.

겨울 동안 곰이 어지럽힌 다카마가하라 산장의 내부.
온갖 식재료를 뒤져 먹었다.

주방 안은 습기로 인해 곰팡이가 피었고, 바닥에
흩어진 매실장아찌는 작은 동물들이 즐겨 먹은 듯 주
방 여기저기서 매실장아찌의 씨가 나왔다. 2층 방에
서도 그다음 해까지 어디선가 매실장아찌의 씨가 굴
러 나왔다. 그럴 때마다 작은 동물들이 장아찌를 먹는
모습이 상상되어 웃음이 터졌다.

주방의 깨진 유리창과 부서진 문은 헬기로 새것을
조달해 산장지기가 고쳤다. 눈의 무게로 산장이 기울
어져 있어서 주방문이 잘 들어맞지 않았는데 마지막
에는 화가 난 산장지기가 곰처럼 있는 힘을 다해 끼운
탓에 여닫이의 상태가 나쁘다.

이곳 이외에는 최근 다카마가하라 산장이 몇 번인가 곰의 습격을 당했다. 이쪽은 곰이 꽤 오래 머문 듯, 분뇨의 양이 엄청났고 식재료 대부분에 손을 댔다. 통조림도 발톱으로 능숙하게 따고, 맥주와 소주도 잔뜩 마셔서 기분이 좋았을 것이다. 취해서 날뛴 흔적도 있었다.

너무 끔찍한 모습에 모두 할 말을 잃었다. 그렇다고 곰을 꾸짖을 수도 없는 노릇이다. 그 곰은 지금쯤 충분히 영양을 보충해 만족하며 기뻐할 것이다. 다가올 계절을 기대하며 건강하게 지내거라.

곰은 후각이 뛰어나서 개의 30배, 사람의 2,000배나 냄새를 잘 맡는다고 한다. 풍향에 따라서는 30킬로미터 떨어진 장소에서도 냄새를 구분한다고 하니 대단하다. 그리고 한번 먹은 것을 잘 기억해서 같은 장소에 돌아온다. 반대로 이곳에 와서 매실장아찌와 밀가루로 호된 꼴을 당한 곰은 그때 한 번 온 뒤로 다시는 오지 않았다.

곰의 입장에서 보면 불합리한 이야기일 것이다. 애써 맛있는 먹을거리를 찾았는데 혼쭐이 나거나 죽

임을 당하니 말이다. 본래는 우리가 곰이 사는 땅에 들어온 것이니 그런 짓을 하는 것은 잘못이다. 아무튼 야생동물이 인간이 먹는 음식에 맛을 들이지 않게 하는 것이 최선의 예방법이다. 그렇지만 우리는 같은 땅에 살고 있기에 실제로는 쉽지 않다. 그들도 우리가 생각하는 것처럼 움직여주지 않는다.

곰도 인간도 살아 있는 생명체다. 사슴, 멧돼지, 담비, 생쥐 모두 똑같은 생명체다. 하지만 같은 생명체라고 해서 평등하게 취급하기는 어렵다. 인간의 생활과의 경계선에서 이들을 어떻게 상대해야 할지 고민해야 한다.

그러나 어떤 말이건 간에 결국은 인간의 주제넘은 생각이다. 가능한 한 예방책을 취하는 노력은 하지만 피해를 눈감고 넘어갈 수는 없다. 안이한 언동은 할 수 없다.

만화 산장 옛날이야기
곰의 습격

부스럭
부스럭

곰으로 인한 피해는 옛날부터 산장의 근심거리다.

텐트장에서 식재료를 엉망으로 만들거나 때로는 산장 안으로 들어와

곰에게 도둑맞은 배낭들

식재료를 먹고 간다.

당했어!

아~~

다로다이라 산장의 경우

상대해주지!

술을 마시면 깜짝 놀랄 거야.

콸

콸

회칼 →

드르륵

앗!

72

슥
쿵쿵

퍼——억!

어?
끄떡없지.
어슬렁
어슬렁

곰은 카레를 좋아한다.

카레다~
카레다~

좋았어!

먹어라!
슈—!

핑크색 곰이 됐다.
카레
맛있어~

끄억~
끄억~
내일 또 만나!

앗, 없어!

아침에 손님에게 건넬 도시락을 먹어버렸다.

깨끗이 다 먹고 남은 건 도시락통 15개뿐이었다.

생강초절임은 싫어하는 모양이다.

그래서 결국 사냥꾼이 왔다.

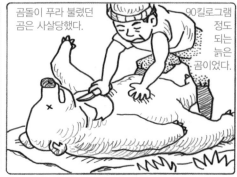

곰돌이 푸라 불렸던 곰은 사살당했다.

90킬로그램 정도 되는 늙은 곰이었다.

자리를 잡았던 곰은 모두

구로베

사살되었다.

겐

쓰레기를 철저히 관리하자 곰에 의한 피해는 줄어들었다. 산은 동물들의 서식지이므로 사람의 편의대로 죽일 때는 미안한 마음이 든다.

곰돌이 푸, 여기 잠들다

겐의 묘

인간도 동물이니까 어쩔 수 없지만.

십인십색의 직원들

산장에는 어떤 사람이 일하러 올까.

분명 별스러운 사람이 많을 거라고 생각했는데 같이 일해보니 그렇지도 않다. 물론 독자적인 생각을 가진 사람이 많기는 한데, 그것은 도시에서도 마찬가지다. 사람마다 다르기 때문에 한마디로 단정할 수는 없지만 기본적으로 자연을 좋아하는 사람이 많다.

최근에는 옛날처럼 산을 고집하는 산장 스타일이 아니라 목가적 분위기가 풍기는 유목민 스타일의 사람이 늘었다. 산에서 내려가면 무얼 할까, 내년은 어떻게 할까, 하는 느낌이 드는 사람들이다. 옆에서 보면 그 순간을 밝고 즐겁게 사는 것처럼 보이지만 유연성이 있고 강함도 느껴진다.

세대적인 특징인지 모두가 착하고 큰 문제도 일으키지 않는다. 예전에는 산에서 산다는 의지를 가진 사람이 많았다. 그래서인지 옛날 사람들의 이야기는 재미있고 그런 시대가 부럽기도 하다.

옛날에는 지금보다 마음이 느긋했을 것이다. 산장

출입문에 '저녁에 돌아옵니다'라고 쓰인 종이를 붙이고 산장을 비우거나 봄철 산 정상에서 활강 레이스를 했다고 한다. 오래전 이야기다. 술도 자주 마셔서 그와 관련된 실수담도 많이 들었다.

과음으로 종종 정시 교신을 잊어버리는 모 산장지기는 잠이 들어버렸다가 다음 날 "아침 주세요"라고 말하는 손님 소리에 잠이 깨곤 한다. 술에 취해 식당 창문에서 밖으로 떨어진 적도 있는데 산에서는 누구보다 강하고 상냥해 직원과 등산객의 사랑을 받았다.

맥주 짐꾼 이야기도 걸작이다. 다카마가하라 산장에 맥주가 부족해 야쿠시자와 산장에서 맥주를 지게로 옮기게 된 날이었다. 모처럼 나서는 길이니 등산로가 아닌 계곡을 따라가기로 의견을 모은 직원 세 명은 강 본류를 따라 내려갔다. 분기점까지 가니 날씨도 좋고 해서 잠시 쉬려고 맥주 캔을 따자 그대로 파티가 시작되어 맥주 세 짝이 어느 사이에 한 짝으로 줄어버렸다. 당연히 다카마가하라 산장에서 크게 야단을 맞았다.

작가이자 탐험가인 가쿠하타 유스케도 학창 시절에 다로다이라 산장에서 아르바이트를 했다고 한다.

들은 바로는, 그가 와세다 대학 탐험부 소속이었을 때 겨울에 야쿠시다케를 찾았다 날씨가 나빠서 다로다 이라 산장으로 피난을 갔는데, 그때 눈에 묻힌 산장 입구를 찾지 못해 어쩔 수 없이 2층 창문의 유리를 깨고 안으로 들어갔다고 한다.

봄이 되어 직원이 산장 문을 열러 왔더니 2층 창문의 유리가 깨져서 안으로 들이친 눈으로 바닥이며 이불이 흠뻑 젖어 있었다. 습기도 심해 천장도 새로 바꾸지 않으면 안 될 정도였다. 누구 짓인지 범인을 찾으려는데 자신이 그랬으니 일해서 갚겠다며 가쿠하타가 나타났다고 한다. 지금도 그는 의리를 지켜 새 책이 나오면 보내준다고 마스터는 웃었다.

그건 그렇고, 아무튼 이 산장이라는 장소에서는 산 아래 세상 이상으로 소통 능력이 필요하다. 인간관계에 서툴러서 산에 간다는 생각은 통하지 않는다. 산이기에 앞서 이곳은 산장이라는 폐쇄된 공간이다. 거기에 관해서는 나도 마음고생이 많았고 단련되었다.

여하튼 낯선 사람과 아침부터 밤까지 같이 있어야 한다. 자기 공간이라고 해봤자 침상 정도다. 산장에서는 약 1평, 천장 높이 150센티미터 이하, 상하 2단으로 나뉜 침상을 같이 쓴다. 작은 배에서 공동생활을 하는 것과 같다. 사이가 좋으면 좋지만 나빠지면 눈도 마주치지 않는다.

다로다이라 산장처럼 직원 수가 많은 큰 규모의 산장이라면 피할 수도 있지만 세 명 정도의 작은 산장은 도망갈 곳도 없다. 심지어 전파가 닿지 않으니 외부와의 소통도 불가능하다. 그럼 어떻게 해야 할까. 다로다이라 산장의 인사 담당자인 가즈키 씨 앞으로 가끔 일명 '밀서'로 불리는 편지가 배달된다. 그 편지는 주로 내용을 모르는 단골 등산객에 의해 비밀스럽게 배달되는 경우가 많다.

자세한 내용은 모르지만 과거에 있었던 밀서에는 산장에서의 불만과 인사이동에 대한 희망 사항이 길게 쓰여 있었다고 한다. 시즌 중 갑자기 인사이동이 있을 때 사정을 모르는 각 산장에서는 이런저런 안 좋은 상상을 하게 된다.

그렇기는 하지만 대개는 평화롭게 잘 해나간다. 오랜 기간 이런 생활을 하면 일종의 관용이 몸에 밴다. '사람마다 다르구나' 하고 느낄 때도 있고 어쩔 수 없다고 포기할 때도 있다. 반대로 내 안의 양보할 수 없는 부분을 발견하기도 한다.

결국 가족이든 남이든 같이 사는 사람과는 무엇보다도 사이가 좋아야 한다. 일의 효율도 오르고 정신 건강에도 좋다. 그렇게 하려면 매일 함께하는 시간이 중요하다.

자신보다 상대를 먼저 생각하는 마음. 그것을 당연하게 여기지 않고 고마워하는 감사의 마음. 사람의 험담은 하지 말 것. '잘 잤어요?' 하고 웃으며 건네는 아침 인사. 함께 맛있게 식사하는 행복.

여름 한철의 유사 가족이지만 나에게는 소중한 동료와의 한 번뿐인 시간이다. 차례로 일어나는 사태를 극복하고 함께 웃으며 보낸다. 힘든 일도 많지만 그래도 즐겁다. 이렇게 매해 다니는 것을 보면 난 정말 산장, 그리고 그곳에서 동료와 함께하는 생활을 좋아하는 모양이다.

국립공원과 산장

산장 앞 테라스에는 지정 장소 외의 캠핑을 금
지한다는 간판이 세워져 있다. 간판 내용은 산
장에는 캠핑장이 없으니 지정 장소까지 가서 캠핑을
하거나 산장에서 묵어달라는 것이다. 국립공원은 특
별보호지구, 제1종 특별지역, 제2종 특별지역, 제3종
특별지역, 보통지역으로 토지가 구분되어 있다. 이곳
산장 주변은 대략적으로 해발 2,000미터 이상은 특별
보호지구라 행위 규제가 엄격하다. 그러나 산장 부근
은 제1종 특별지구로, 캠핑을 규제하는 구체적인 법
률은 없다. 다만 자연은 이런 행정적인 선 긋기로 구
분되는 것이 아니어서 국립공원을 이용하는 규칙으
로서 지정 장소 이외의 캠핑은 금지하고 있다.

그도 그럴 것이 이곳은 계곡에 둘러싸여 있어서
지정 장소가 아닌 곳에서 캠핑을 하는 일행이 적지 않
다. 그 기분은 이해하지만 이쪽도 입장상 발견한 경우
에는 어쩔 수 없이 주의를 준다. 솔직히 서로 기분 좋
은 일은 아니다. 인터넷상에 조금씩 보이는 산행 보고

나 영상도 마찬가지다. B계곡보다 상류나 계곡 주변은 산장 이용이 가능하므로 캠핑이 바람직한 것이 아님을 이해해주었으면 좋겠다.

늦은 오후에 도착해 산장에서 맥주를 구입해 계곡으로 내려가 여기서부터 능선까지 관통한다고 말하는 일행은 결국 산장과 가까운 상류에서 캠핑을 한다. "비박할 건데, 저녁만 먹을 수 있을까요?" 하고 찾아오는 일행도 있는데 이것은 잘못된 인식이다. 한번은 비 오는 날 산장 앞 강가에 텐트를 치고 산장에 맥주를 사러 온 일행이 있었다. 산장지기가 "뭐 하는 겁니까?" 하고 묻자 그들은 "비박이요" 하고 대답했다.

"아니, 비도 오고 위험하니 텐트 걷으세요."

"캠핑은 금지지만 비박이잖아요."

이들은 비박, 즉 긴급 피난적 야영의 의미를 오해하고 있다. 심지어 이들은 아무것도 모르는 초보자가 아니라 모 산악회 사람들이었기 때문에 우리도 고개를 갸웃하고 말았다. 그들이 텐트를 걷고 철수한 후 강가까지 강물이 넘쳐버렸다.

규칙이니, 매너니 이것저것 떠들었는데 애초에 국

립공원이란 무엇일까. 그렇게 물으면 '국가가 관리하는 공원' 정도의 막연한 이미지밖에 떠오르지 않는다. 국립공원에 대한 정의는 '걸출한 자연의 풍경지로, 환경성 대신(장관)이 관계한 광역자치단체 및 중앙환경심의회의 의견을 들어서 구역을 정하고 지정한 곳'으로, 자연공원법에 따라 국가가 지정한 자연공원이라고 되어 있다. 내친김에 자연공원법의 목적도 발췌하자. '이 법률은 뛰어난 자연의 풍경지를 보호하는 동시에 그 이용의 증진을 꾀함으로써 국민의 보건, 휴양 및 교화에 이바지하는 것을 목적으로 한다'고 되어 있다. 이 둘을 정리해보면 '자연과 풍경이 뛰어나니 보호해서 이용하자. 구역을 정했으니 국민 여가에 활용하자'는 것이다. 자연공원법은 꼭 자연환경을 지키는 것만을 목적으로 하는 법률이 아니라 관광개발에 의한 경제 효과도 목적으로 하고 있다.

또 앞에서 언급한 지종 구분으로 국립공원이 갖는 자연의 은혜는 댐 공사와 채벌에도 이용된다. 즉, 자연환경 보전은 환경성, 국유임야 사업은 임야청, 댐과 사방(산사태, 토양의 침식작용 등을 방지하는 일-역자 주) 등의 건축 행정은 국토교통성, 댐 주변은 전력회사, 공공사업 청부는 지자체 등, 국립공원에는 다른 목적을 가진 각 기관이 다른 법률하에서 복잡하게 얽혀 있다. 그런 상황에서 산장은 어떤 위치에 있을까.

야쿠시자와 산장은 국립공원의 국유림에 있는 민간이 경영하는 산장이다. 국가에 지대(地代)를 지불하고 땅을 빌려서 영업하는 형태다. 자세히 말하면, 국립공원의 관리는 환경성 관할이지만 국유림 소유자는 임야청이므로 환경성의 허가를 얻고 지대는 임야청에 지불한다. 지대는 매년 총 매출에 대해 산출되기 때문에 일종의 세금이라고도 할 수 있다.

그리고 민간 산장이지만 공공적인 역할도 맡고 있다. 산장의 인프라는 산장 경영을 위해 필요한데, 숙박객 이외에도 휴게, 급수, 화장실 이용 같은 공공적 기능을 제공한다. 등산로 정비에 관해서도 공공사업으로서 유지와 관리는 기본적으로 산장이 한다. 이처럼 국립공원이라고는 하지만 공과 민간의 선 긋기는 애매하다. 각 산장에 따라서 차이는 있지만 대체적으로 그렇다.

그런데 등산객에게 국립공원, 산장은 어떤 존재일까. 나의 지인 중에는 "그 멋진 산악국립공원에 산장과 등산로만 없으면 모험적 등산 요소가 얼마든지 있을 텐데" 하고 말하는 사람도 있지만 대개는 "등산로가 정비되어 있고 산장에서는 식사를 하며 따뜻하게 보낼 수 있다" 정도로 생각하지 않을까.

국립공원이든 산장이든 산장을 관리하는 사람, 등산객, 행정은 산에 관계하는 다양한 사람들이 각 시대에 맞게 만들어온 것이다. 전부 그때그때 모색하고 행동한 결과다. 모든 것은 한 사람 한 사람의 기분과 여론에 의해 달라지고 바뀐다. 그래서 나도 그 한 사람으로서 이 국립공원이라는 자연환경을 어떻게 유지하고 시대 속에서 무엇을 해야 할지 다시 생각할 필요성을 느낀다.

1차 물자 수송 헬기

산장을 개장하고 닷새 정도 지나면 첫 번째 물자 수송 헬기가 도착한다. 이 헬기가 오기 전에 산장 앞에 헬기 이착륙장을 만들어야 한다. 이착륙장의 높이는 4미터 정도 된다.

무슨 말인가 하면, 산장 앞쪽 땅이 한 단 내려가 있어서 거기에 토대를 쌓아 완성하면 윗면이 산장과 흔들다리를 잇는 수평 테라스가 된다. 그곳이 헬기 이착륙장이 되어서 헬기가 상공에 머문 채 제자리 비행을 하면 매달려 있는 짐을 내린다.

테라스의 넓이는 손바닥만 하다고 할 정도로 좁다. 짐은 어디서 내리냐고 묻는 손님에게 테라스 위에 내린다고 하면 놀란 표정을 짓는다.

산장에 오는 물자 수송 헬기는 시즌 동안 세 차례 뜬다. 산장 개장, 8월 초, 8월 말, 이렇게 세 번이다. 1차 때는 이번 시즌 분량의 연료, 음료, 잡화, 쌀, 식재료를 조달하고 다음 헬기 수송 때까지 먹을 냉동식품과 신선식품이 더해진다. 그래서 1차 때가 짐이 가장 많다.

짐은 화물을 적재하는 팔레트(깔판)에 쌓아서 네 귀에 줄을 맨 사각형으로 엮은 그물에 넣어 운반한다. 헬기 크기에 따라 다르지만 슈퍼퓨마 기체의 경우 한 번에 그물 두 개를 옮기는데, 그 무게는 약 1.6톤이다. 그렇게 네 차례 날아온다.

산장의 문을 막 열었을 때는 직원이 세 명뿐이라 헬기가 짐을 내리면 즉시 짐을 풀어 산장 안으로 옮긴다. 아무튼 테라스가 좁으니 다음 헬기가 도착하기 전에 일단 이착륙장을 비워두어야 한다.

이런 일도 있었다. 그해는 사정이 있어 아르바이트의 입산이 늦어져서 첫 번째 짐이 올라오는 날에 합류하지 못했다. 아카즈카 산장지기와 나는 어떻게든 되겠지 하고 하늘을 보며 헬기 수송이 시작되기를 기다렸다.

곧이어 비행이 시작되었다. 산장지기와 나는 평소보다 1.5배 빠른 속도로 짐을 날랐다. 헬기는 등산로 입구에서 짐을 꾸리는데 그곳의 분주함 또한 산 위에 비할 바 아니다. 딱 한 번 체험한 적이 있는데, 여러 도매상과 업자가 뒤섞여 각 산장으로 갈 짐을 분주히 꾸린다. 그러는 사이에 어느 짐이 어디 산장 것인지 헷갈리게 된다.

가끔 저쪽 산장의 짐이 이쪽에, 이쪽 산장의 짐이 저쪽에 가버리기도 하는데 어쩔 수 없다. 아무튼 꾸려진 짐을 차례로 옮긴다. 헬기는 5분도 지나지 않아 등산로 입구에서 각 산장으로 날아간다.

그때도 헬기는 프로판가스통과 음료 등의 짐을 산장에 내린 다음 등산로 입구로 갔다가 다시 돌아왔다. 무선으로 불러서 응답했더니 "다음은 다시 야쿠시자와 산장으로 갑니다" 하는 말이 돌아와 당황했다. 테라스 위에는 아직 짐이 고봉밥처럼 그득그득 쌓여 있었기 때문이다.

"산장지기님, 또 온대요!" 하고 소리치자 산장지기는 허둥지둥 무전기로 달려와 다로다이라 산장을 불러 "아직 정리가 안 됐으니 기다려주세요!" 하고 말했다.

하지만 소용없었다. 다로다이라 산장의 가즈키 씨도 감정 없는 목소리로 "지금 다로 위를 날아갔으니 어떻게든 해보세요" 하고 대답했다. 산장지기는 한숨을 내쉬며 "그렇겠지" 하고 쓴웃음을 지었다.

이미 헬기는 하늘로 떠서 가버렸으니 어쩔 수 없

었다. 둘이서 테라스 위에 나뒹굴고 있는 프로판가스 통을 한쪽 가장자리로 옮기고 있는 힘을 다해 산장 안으로 짐을 날랐다. 요란한 소리가 점점 가까이 들려왔다. 헬기가 온 것이다.

일단 어떻게든 테라스 위에 다시 그물 두 개 분량의 짐이 내려졌다. 그렇다, 이곳은 산장이다. 어떻게 안 될 일도 어떻게든 하지 않으면 안 되는 것이 일상이다.

큰일이야, 벌써 다음 헬기가 왔어! 아직 짐을 정리하지 못했는데!

지금은 헬기 수송이 당연해졌지만 산장에서 항공
으로 짐 옮기기를 가장 먼저 시도한 것은, 지금은 고인
인, 산악 도서의 베스트셀러였던 《구로베의 산적》의
저자 이토 쇼이치였다. 처음에는 소형 세스나기(미국의
세스나 항공기 회사가 생산하는 비행기-역자 주)로 초저공에
서 짐을 투하했다. 이것이 1954년의 일이고, 그로부터
10년 후 물자를 헬기로 수송하게 되었다.

쥐와의 싸움

1차 물자 수송 헬기가 오면 산장의 식재료는 단번에 풍족해진다. 그전까지의 식재료는 입산할 때 조금 짊어지고 온 것과 산장에 남아 있는 건어물, 통조림 정도가 전부이기에 갓 도착한 신선한 채소는 정말 반갑다. 밥에 날달걀을 비벼 먹을 수 있는 것도 이 일주일 정도다. 손님용으로 소중히 챙겨둔 고기도 이때는 먹어도 된다.

그러나 식재료의 도착에 기뻐하는 것은 인간만이 아니다. 냄새를 맡은 동물들도 용기 있게 다가온다. 특히 골치 아픈 것이 쥐다. 도시에 있는 시궁쥐가 아니라 흰넓적다리붉은쥐 같은 들쥐 종류다. 눈이 동그랗고 귀엽게 생겼다.

그래도 쥐는 쥐다. 식재료를 엉망으로 만들고 자연계의 어떤 병균을 갖고 있을지도 모른다. 주방장인 나는 중요한 식재료를 지키기 위해 독하게 마음먹고 쥐들과 싸운다.

이곳 주방에서 막 일하기 시작했을 때는 아직 쥐에

대해 잘 몰라서 아무튼 쥐가 나올 만한 곳에 끈끈이를 놓았다. 그때는 끈끈이가 전체적으로 칠해진, 반으로 접는 형태의 것을 사용했다. 이것을 펴서 중앙에 미끼를 놓고 주방과 식재료 창고 바닥에 놓아둔다. 박스 뒤나 어두운 곳, 그런 곳에 놓아두었다.

가장 먼저 걸린 것은 인간이었다. 커다란 쥐는 "야마토 씨, 언제 끈끈이 놨어요?" 하고 슬픈 얼굴로 보고하러 온다. 끈끈이를 놓았다는 사실을 깜빡하고 내가 밟아버린 적도 있다. 그럴 때마다 슬리퍼 한쪽을 신을 수 없

미트소스를 만들었다

랩이면 되겠지.
냄비 뚜껑이
부족하니까~

쭉

다음 날

미트소스
파스타입니다~

흠♪

흠♬

오늘
점심은

꺄악~!

빙글

빙글

?!

싫어
ㅠㅠ

엄마야!

질척

질척

미트소스는
날아가 버렸다.

게 되었다.

이런 문제점은 집 모양의 끈끈이를 도입하고 나서부터 획기적으로 개선됐다. 모양은 바퀴 끈끈이를 확대시킨 것처럼 생겼다. 상자에 지붕과 창문까지 그려져 있고, '재미있을 만큼 잘 잡혀요!'라는 선전 문구를 내세운 끈끈이다. 입체적이고 선명한 초록색 지붕이 눈에 잘 띄어서 사람이 무심코 밟는 일도 없어졌다.

그리고 이것은 당초부터 했던 고민인데 드물게 쥐와 함께 겨울잠쥐(생쥐와 비슷하나 주둥이가 뭉툭하고 꼬리에 긴 털이 많이 있는 겨울잠쥐과의 동물-역자 주)가 끈끈이에 걸리는 경우가 있었다. 쥐와 겨울잠쥐의 생명을 비교하는 것은 아니지만 겨울잠쥐는 일단 천연기념물이고 동작이 굼뜨고 귀여워서 난처했다. 끈끈이에 걸린 것을 알면 얼른 꺼내주지만 몸 여기저기에 끈끈이가 달라붙어서 도저히 살 수 있을 것처럼 보이지 않는다. 알아차렸을 때는 이미 죽어 있던 경우가 대부분이었다.

그래서 어느 날 나는 쥐 끈끈이를 놓지 않기로 했나. 쥐를 잡을 게 아니라 식재료를 더 단단히 지키자고 결심한 것이다. 당연히 쥐는 폭발적으로 늘어났다. 말 그대로 기하급수적으로 늘어났다. 쥐를 무서워하는 겨울잠쥐는 어느 사이에 볼 수 없게 되었다.

피해는 커져갔다. 이쪽도 식재료는 전부 밀폐용기나 한 말짜리 깡통에 담거나 종이 상자의 빈틈을 전부 막아서 응전했다. 주방에는 한낮에도 바닥을 돌아다니는 쥐를 볼 수 있게 되었다.

결국 식재료 이외의 것에서도 피해가 나타나기 시작했다. 밀폐용기를 이빨로 갉고, 고무제품도 갉고, 종이 상자를 갉아 구멍을 내서 안에 있는 식재료를 먹어버린 것이다. 그리고 개봉하지 않은 장아찌도 여러 봉지 엉망으로 만들어놓았다. 마침내 나의 인내의 끈이 뚝 하고 소리를 내며 끊어졌다.

그때부터 나는 미친 듯이 쥐 끈끈이를 설치하기 시작했다. 이번에 쥐가 늘어나면서 발견한 겨울잠쥐가 다니지 않는 통로에 끈끈이를 놓았다. 통통하게 살이 오른 쥐가 매일같이 잡혔다. 수가 너무 늘어나 굶주린 쥐는 끈끈이 중앙에 놓아둔 미끼를 먹기 위해 어떤 녀석은 이쪽에서, 또 어떤 녀석은 저쪽에서 들어와 끈끈이에 달라붙은 채 미끼를 먹고 움직이지 못하게 되었다. 그러자 그대로 한쪽이 다른 한쪽의 머리를 먹었다. 끈끈이 밖으로 나온 몸도 다른 누군가가 먹어버렸다.

산다는 것은 정말 무서운 일이다. 우리도 이 쥐처럼 매일 누군가의 몸을 먹으며 살고 있다. 고기도 채소도 곡물도 전부 살아 있는 것들이다.

며칠 지나자 끈끈이에 걸리는 쥐의 크기가 작아졌다. 마릿수도 안정된 듯 겨울잠쥐가 가끔 나타나게 되었다.

나는 자신의 어리석음과 인간의 주제넘음에 대해서 생각하지 않을 수 없었다.

세상에

찍

찍

현재 육아 중!

쳐다보니까 입으로
한 마리씩 물어서
어딘가로 옮겼다.

두루마리
화장지가 들어 있는
박스에 새끼를
낳은 어미 쥐.

이녀석-!

쇼생크 호박
쇼생크 탈출처럼
열심히 구멍을 파서
안의 씨를 남김없이 먹었다.

미끼는 주로
손님 식사의
메인 디시인
돼지고기조림의
고기 조각이다.
쥐는 고기를
매우 좋아한다.

조립식 집 모양
쥐 끈끈이의 생김새.

끈끈이

등산로 정비와 신도로

산장의 문을 여는 작업이 일단락되면 등산로 정비를 시작한다.

날씨가 좋은 날이면 남자들은 외부 작업을 하러 간다. 이때 하는 작업은 풀베기, 쓰러진 나무 자르기, 다리 놓기, 진흙 경사면 발판 만들기, 등산로 표시 등 다양하다. 이곳은 물이 풍부한 곳이어서 물과 관련한 등산로 정비로 애를 먹는 일이 많다.

다로다이라 산장부터 야쿠시자와 산장까지의 등산로는 계곡과 평행하게 되어 있어서 다로다이라 쪽에서 가면 제1도보점(계곡 물을 건너는 다리가 있는 곳-역자 주), 제2도보점, 제3도보점, 이렇게 세 번 계곡을 건너야 한다. 물론 다리는 있지만 물이 불어 예전에 여러 번 다리가 떠내려가기도 했다.

이전에는 통나무 다리였던 이들 도보점도 지금은 섬유강화플라스틱(FRP)으로 된 각재를 대여섯 개 연결한 것을 사용하기 때문에 훨씬 걷기 쉬워졌다. 단, 재료가 하나에 수십만 엔이나 해서 다리가 물에 떠내려가도 그대로 포기할 수 없다. 물이 빠지면 모두 다리 수색에 나서서 발견하는 대로 짊어지고 돌아온다.

이 다리는 두 사람이 들어도 상당히 무겁고, 또 섬유강화플라스틱의 유리섬유가 목 주위를 콕콕 찔러서 상당한 중노동이다. 이것을 혼자 짊어지고 걸을 수 있는 것은 엄청나게 힘이 센 가즈키 씨 정도다. 그래서 최근에는 다리가 멀리 떠내려가지 않도록 다리에 로프를 걸어둔다.

물 때문에 애를 먹는 것은 다이토 신도로(新道)도 마찬가지다. 다이토 신도로는 야쿠시자와 산장에서 강을 따라 내려가는 등산로다. 구모노타이라에서 흘러 떨어지는 지류인 A계곡을 건너고 다음의 B계곡을 거슬러 올라간다. 도중에 왼쪽으로 빠져서 산길로 들어가 산중턱을 횡단하면서 세 개의 계곡을 넘어 다카마가하라로 향한다. 산길에 들어서기 전까지는 거의 강가 자갈밭을 걷기 때문에 비가 와서 물이 불어나면 통행이 불가능하다.

물이 불어나는 게 어느 정도까지 괜찮은지 판단하기가 어렵기 때문에 강우 예보도 알려주면서 조언은 하지만 확실하게 통행이 불가능하다 판단될 때를 제외하고는 등산객의 판단에 맡긴다. 등산로에 관해서 괜찮다는 말은 오해를 낳기 때문에 가능한 한 사용하지 않는다.

그런데 해에 따라서 강물의 흐름이 크게 바뀔 때도 있기 때문에 신도로의 정비에는 애를 먹는다. 현재 A계곡에서 B계곡 사이에 있는 등산용 쇠사슬도 쇠사슬 아래의 자갈밭을 걸을 수 있는 해도 있고, 절대 움직이지 않을 거라고 생각해서 표시한 돌이 물이 불어나는 바람에 굴러가서 강 한가운데로 가버린 적도 있었다.

아무튼 산은 움직인다. 강을 비롯해 산은 살아 있기 때문에 등산로도 거기에 맞춰 움직여주지 않으면 안 된다.

여기서 다이토 신도로의 역사에 대해 알아보자. 이 이야기는 1925년, 수력발전소 건설에 따른 조사를 위해서 개통한 '도신보도'라는 외길로부터 시작된다. 도신보도는 십자 협곡으로 흘러드는 지류에서 야쿠시자와 합류점까지를 잇는 길로, 산허리를 감싸고 계곡을 내려가면서 구로베 강의 오른쪽 기슭으로 뻗어 있는 길이었다.

그 후 1964년, 다카마가하라에서 몰리브덴을 채굴했던 광산이 다카마가하라 사이의 길을 보수해 다카마가하라 신도로를 부활시켰다. 그전까지 이 광산은 다른 루트를 사용하고 있었다.

한편 구로베 강으로 직접 내려가서 합류점까지 가는 길인 도신보도를 보수한 길은 계곡물이 불어날 때마다 위험해져서 1960년에 다른 새 길을 만들었다. 다카마가하라에서 고개로 올라가서 산허리를 횡단해 B계곡 합류점으로 나오는 현재의 루트다.

이 다카마가하라에서 B계곡 합류점까지의 길을 다이토 신도로, B계곡 합류점에서 야쿠시자와 합류점까지를 도신보도라고 불렀는데 현재는 다카마가하라에서 야쿠시자와 합류점까지를 다이토 신도로라고 부른다. 이 이름은 광산을 운영하던 회사 이름인 '다이토 광업'에서 따와 붙여진 것으로, 회사 이름이 지명이 된 드문 예다.

당초에는 이 신도로도 몰리브덴을 운반하기 위

다카마가하라 안쪽에 있는 광산 갱도
자리. 일반인은 볼 수 없다.
(사진 제공 – 다카하시 츠카사)

다이토 신도로 A계곡 바로 앞의 자갈
밭에 나뒹굴고 있는 광산 궤도 화차
로 보이는 고철.

해서 만들어졌는데 그 후 1968년, 광산이 이소지마
에게 산장 권리를 양도하면서 운반 도로로서는 활
약할 수 없었다. 참고로, 다카마가하라 신도로도 개
통하고 6년 후인 1969년에 집중 호우로 거의 폐도(廢
道)가 되어버렸다. 1984년에 재정비를 했으나 왕래하는
사람이 적어서 완전히 폐도가 되었다.

산장에서 현재의 다이토 신도로를 따라 10분쯤 내
려가면 오른쪽 강가에 주위보다 약간 높은 평평한 장
소가 있다. 거기도 이전에는 사금을 시굴하던 곳으로,
커다란 산장이 세 동 있었다. 1927년에는 야쿠시자와 합류점에도 다리가 있어서 다른 지역의 채굴업자와 작업자가 들어갔다고 한다.

그들 말에 의하면 앞으로 굉장한 광산이 될 예정이었던 것 같은데, 안타깝게도 금 채굴은 실패로 끝나고 1928년에 작업이 중지되었다. 다리도 그다음 해에 유실되었다.

지금도 다이토 신도로 A계곡 바로 앞 자갈밭에는 광산 궤도 화차 모양을 한 녹슨 고철 하나가 나뒹굴고 있다. 나는 그것을 볼 때마다 강의 흐름에 제행무상(우주 만물은 항상 돌고 변하여 잠시도 한 모양으로 머무르지 않음을 이르는 말-역자 주)을 느낀다.

불어난 물과 홍수

산장의 문을 열 때 일어난 일이다. 아침부터 하늘이 쾌청해서 등산로 정비에 안성맞춤인 날씨였다. 그날은 남자들이 다이토 신도로의 정비를 위해 외부 작업을 하러 가는 날로, 가즈키 씨가 아침 일찍 다로다이라 산장에서 이곳까지 내려와 아카즈카 산장지기와 함께 등산로를 정비하러 갔다.

산장에는 나 외에 이소지마상사의 사사키 겐지 씨가 산장의 전기와 기계 보수를 하기 위해 머물고 있었다. 발아래에는 강 본류와 계곡이 기분 좋은 소리를 내며 흘러갔다. 이 계절에는 아직 산 위에 잔설이 많아 녹기 시작하는 눈 때문에 강의 수량(水量)은 풍부하다.

점심 전에 이불을 뒤집기 위해 지붕에 올라갔다. 그 후 자잘한 산장 내부 작업을 하고 오후 3시가 되어서 슬슬 이불을 걷으려고 하늘을 올려다보았을 때 아차 싶었다. 어느 사이에 구름이 끼기 시작한 것이다. 이불의 온기가 사라지기 전에 걷으려고 서둘러 지붕으로 올라갔다.

이불과 담요를 테라스로 던지는 사이에도 구름은 빠르게 퍼져갔고 차고 습기를 머금은 공기가 밀려왔다. 야단났다, 비가 올 것 같다. 힐끗힐끗 하늘을 의식하면서 작업 속도를 높였다.

톡, 온다. 투둑, 후두둑, 쏴아. 큰일이다, 아직 못 걷었는데. 나는 큰 소리로 아래에서 작업하던 겐지 씨를 불렀다.

"겐지 씨, 이불 내리는 것 좀 도와주세요!"

"비가 쏟아지네요."

겐지 씨도 얼굴을 들어 하늘을 보더니 바로 간다며 목을 움츠렸다.

나는 일단 지붕에서 내려와 테라스에 던진 이불을 산장 안으로 끌어서 옮겼다. 나 대신 겐지 씨가 지붕 위로 올라가 이불을 던져주었다. 5분도 채 안 지났는데 비는 억수같이 쏟아졌다. 대체 어떻게 된 일일까.

비가 오면 지붕 위는 미끄럼틀 못지않게 미끄러워진다. 높이도 높아 만약 지붕에서 미끄러져 땅으로 떨어진다면 가벼운 부상으로 끝나지 않는다.

"안 되겠어요, 나머지는 포기합시다."

겐지 씨가 비에 흠뻑 젖은 채로 지붕에서 내려왔다.

"미안해요, 고맙습니다."

그 말을 내뱉기 무섭게 번쩍, 하고 하늘이 환해졌다.

번쩍!

우르릉!

야쿠시자와 방면의 하늘이 포효하기 시작했다. 밖은 이미 양동이로 퍼붓듯이 비가 쏟아지고 있었다. 문득 외부 작업을 나간 두 사람이 떠올라 놀라서 강을 보았다. 이럴 수가. 어느 사이에 홍수가 난 것이다. 쏟아져 나온 물이 합류점에서 강의 본류를 막았고, 산장 앞 흔들다리 아래는 댐처럼 초록색을 띤 깊은 풀장이 되어버렸다.

진한 갈색의 물이 쏟아지면서 엄청난 기세로 몸부림치고 있었다. 강의 돌들은 데굴데굴 부딪쳐 기분 나쁜 소리를 내고, 쏟아지는 강물은 북새통을 이루며 하류로 내달렸다. 순간 하류의 두 사람이 강물에 휩쓸리는 모습이 뇌리를 스쳐 놀라서 고개를 가로저었다.

큰일이다, 두 사람에게 알려야 한다. 안내 데스크

평상시 수량의 구로베 강 본류. 갑자기 물이 밀려와 본류의 흐름을
흔들다리에서 하류 쪽을 바라봤을 막아버린 모습
때의 풍경

의 무전기 앞으로 갔다. 마침 다로다이라 산장으로부터 각 산장에 업무 무선을 통해 번개가 심해서 일단 무선을 끊는다는 연락이 들어왔다. 나는 조난 대책 무전기를 들고 푸시 버튼을 눌렀다.

"야쿠시자와 산장에서 야쿠시자와 이동, 들립니까?"

두 번 부르고 잠시 기다렸다가 다시 한 번 불렀지만 산장지기로부터는 아무런 응답이 없었다. 설마. 밀려오는 불안에 고개를 들었을 때 놀라고 말았다. 눈앞에 휴대용 무전기가 걸려 있었던 것이다. 무전기를 챙겨가지 않았구나!

이러저러하는 사이에 겐지 씨가 뛰어와 "큰일 났다"고 말했다. 산장 뒤편 1미터 아래까지 물이 차올랐다는 것이다. 이번에는 노아의 방주가 출항하는 장면이 떠올라 서둘러 산장 뒤편으로 가보았다. 와, 무시무시하다. 갈색 강물이 쏴쏴 소리를 내며 발밑에서 소용돌이치고 있었다.

"50센티 더 올라오면 피난할까요?"

"네, 위험해요."

솔직히 너무 갑작스럽게 위기가 닥쳐오는 상황에 현실감이 떨어져서 '빗속에 도망치면 다 젖을 텐데' 하고 멍하니 생각했다.

시간을 앞으로 되돌려 하류로 작업을 나간 가즈키 씨와 산장지기의 이야기를 해보자.

신도로의 벌초와 B계곡에서 산장으로 올라가는 경사면의 발판 작업을 끝낸 두 명이 계곡 합류점인 자갈밭에서 쉬고 있을 때였다. 가즈키 씨가 그의 발밑에서 커다란 산거머리를 발견했다.

나중에 사진을 보여주었는데 그 거머리는 땅거머리의 일종으로 흡혈은 하지 않고 지렁이 등을 먹는데,

땅거머리

입안에 세 개의 이빨이 있다.
주황색~검정색. 흡혈은 하지 않고
지렁이 등의 동물을 먹는다.

약간 기분
나쁘지만 괜찮아.

흡혈은
하지 않아요.

머리가
검은색을
띤다.

그걸 몰랐던 가즈키 씨는 "이런 것이 나쁜 짓을 한다"며 강물에 거머리를 휙 던져버렸다. 가엾은 거머리는 구로베 강물에 휩쓸려갔다.

그러자 어째서인지 지금껏 쾌청하던 하늘에 갑자기 먹구름이 몰려오더니 후두둑후두둑 비를 뿌리기 시작했다. "비가 오네, 돌아갈까" 하고 말하는 찰나, 순식간에 장대비가 쏟아졌다. 큰일이다.

눈 깜짝할 사이에 차오르는 강물을 곁눈질하면서 두 사람은 뛰기 시작했다. B계곡 합류점에서 A계곡 사이는 경사면이라서 도망칠 곳이 없다. 강물은 이내

흙탕물이 되어 두 사람의 신발을 적셨다. 수 미터 앞에 쇠줄이 있는 암벽으로 오르는 사다리가 매달려 있었다.

"저 위까지 가자."

가즈키 씨는 사다리 바로 앞의 나뭇가지를 잡으면서 사다리로 점프했다. 무섭게 불어난 물살에 휩쓸리면 손쓸 방법이 없다. 간신히 사다리를 잡고 돌아보니 산장지기가 제초기를 안고 이걸 어쩌나 하는 표정을 짓고 있었다.

위기의 순간 사다리로 뛰어올라 높은 지대로 피난한다.
(사진 제공 - 아카즈카 도모키)

"그런 것 상관없으니까 빨리 와!"

그 말을 들은 산장지기는 머리 위쪽으로 비죽 튀어나온 바위에 제초기를 두고 나뭇가지를 붙잡았지만 사다리는 멀리 떨어져 있었다. 후에 그는 "가즈키 씨는 키가 커서 팔이 닿았지만 나는 닿을지 어떨지 몰랐다"고 말했는데, 그 자리에서는 각오하는 수밖에 없었다. 그는 필사적으로 점프해서 겨우 사다리를 잡았다. 중고등학교 때 육상부에서 멀리뛰기를 한 덕분이었다. 인생에서 무엇이 어떻게 도움이 될지는 알 수 없는 법이다.

사다리를 잡은 순간, 조금 전까지 그가 서 있었던 자리를 물살이 집어삼켰다. 두 사람은 일단 안전한 지대로 기어 올라갔는데 거기서 꼼짝도 할 수 없었다. 가즈키 씨는 비옷을 입고 있었지만 산장지기는 반팔 티셔츠 한 장을 걸친 게 다였다. 몸을 덜덜 떠는 산장지기에게 가즈키 씨가 물어보았다.

"비옷 안 갖고 왔나?"

"비가 올지 몰랐어요."

그러자 가즈키 씨가 자신의 긴팔 작업복을 건넸

다. 그리고 "아까 그 거머리, 산의 신인가 봐" 하고 말하며 하하하 하고 웃었다.

차츰 천둥소리가 멀어지고 빗줄기가 잦아들었다. 산장 뒤편 1미터까지 차올랐던 물도 조금씩 수위가 내려갔다. 다로다이라 산장도 무선의 전원을 켰고, 가즈키 씨는 갖고 있던 업무용 휴대 무전기로 연락을 했다. 나는 두 사람이 무사한 것을 확인하고 가슴을 쓸어내렸다.

결국 두 사람은 그 자리에서 두 시간 정도 대기하며 강물의 수위가 내려가기를 기다렸는데 해가 떨어질 시간이 가까워오자 어쩔 수 없이 경사면을 기어 올라가 숲을 헤치면서 서넉 무렵에 겨우 돌아왔다.

늦어졌지만 가즈키 씨는 일단 다로다이라 산장으로 가는 것이 좋겠다며 그대로 돌아갔다. 한동안 산장지기와 무사해서 다행이라며 이쪽에서 있었던 일과 그쪽에서 있었던 일을 이야기하는데, 가즈키 씨가 무선으로 다로다이라 산장을 불렀다.

무슨 일인가 귀를 기울여보니 제2도보점의 다리가 유실되었다고 한다. 산상지기와 얼굴을 마주보았다. 아직 물이 많을 텐데, 가즈키 씨는 강을 건넜을까.
얼마 후 제1도보점의 다리도 없어졌다는 무선이 들어
왔다. 우리도 얼굴을 찌푸리며 한숨을 내쉬었다.

　이런, 이번 시즌은 파란만장하게 시작하는구나. 산
장 생활은 무슨 일이 일어날지 모르기 때문에 즐겁기
도 하지만 역시 무슨 일이 일어나면 큰일이다.

이불 널기와 이불 사정

산장을 개장할 때는 이불이 묵직하다. 겨울 내내 습기를 빨아들였을 테니 당연하다. 그것을 지붕 위로 던져서 말린다.

담요나 가벼운 이불은 나도 던질 수 있는데 무거운 것은 도저히 올릴 수 없다. 남자의 힘을 빌려야 한다. 어중간하게 던지면 지붕의 함석 끝에 걸려서 찢어진다.

지붕 위로 올린 이불은 하나하나 펴는데 이때 주의해야 할 점이 있다. 산장이 살짝 기울어져 있어서 좌우 지붕의 경사가 다르다. 강 쪽이 경사가 급한데, 높이도 높아 무섭다. 이불을 안고 구르지 않도록 조심해야 한다.

이전에 지붕의 페인트를 다시 칠하고 나서 지붕이 깨끗해진 것은 좋지만 마찰계수가 작아져서 미끄러지기 쉬워졌다.

그해 강 쪽 지붕에 이불을 널었을 때, 이불이 마르지 않아 축축할 때는 괜찮았지만 이불이 말라서 뽀송

해지면 스르르 미끄러져서 강가 자갈밭으로 떨어져 버렸다. 곤란하다 싶었는데 겨울이 지나자 지붕 표면이 눈으로 거칠어졌는지 다음 해에는 이불이 미끄러지는 일은 없어졌다.

옛날 이불은 무겁다. 최근에는 이불도 새것으로 교체해 무거운 이불은 거의 남아 있지 않지만 이전에는 요인지 이불인지 알 수 없을 만큼 무거운 이불도 있었다. 통칭 '매화 이불'로 불리는, 빨간색에 커다란 흰 매화 무늬가 들어간 솜이불이다.

손님 입장에서는 그것이 이불인지 요인지 헷갈릴 것이다. 저녁 식사 준비를 하는데 "저기요" 하고 한 손님이 불렀다. 이불이 없다는 것이었다. 대충 무슨 일일지 상상이 갔지만 일단 손님과 함께 2층 방으로 갔다.

손님은 자기 침상을 손가락으로 가리키며 요만 두 개 있고 덮는 이불이 없다고 했다. 아, 역시. 매화 이불 세트구나.

하지만 그날은 투숙객이 많아서 여벌의 이불이 없었다. 어쩔 수 없이 "죄송합니다. 무겁긴 하지만 이쪽이 덮는 이불이에요" 하고 펴 보이며 고개를 숙였다. 앗, 하고 손님이 놀란 표정을 지었지만 생긋 웃어 보이고 내려왔다.

지금은 매화 이불을 포함한 무거운 솜이불은 없다. 똑같은 무늬여도 가벼운 이불이나 요만 몇 장 남아 있는 정도다. 어느 시대부터 있었던 건지 전부 누덕누덕 짜깁기한 것들이다. 산에서는 물건을 소중히 해야 한다고 선배들에게 배웠지만 손님은 돈을 지불하고 산장에 묵는다. 슬슬 나머지 매화 이불도 은퇴할 때가 됐다.

야쿠시자와 산장에서는 이불을 정리할 때 손님이 어느 이불을 사용했는지 알 수 있도록 조금 특이한 방법으로 개어둔다. 보통 사람들이 잘 쓰지 않는 방법이다.

요는 긴 방향을 3등분해 옆에서 보면 S자 모양이 되도록 삼단으로 개고, 덮는 이불은 긴 방향을 반으로 갠 다음 폭을 반으로 갠다. 이불의 접은 금이 오른쪽에 오도록 해서 요 위에 얹는다. 담요는 폭을 반으로 갠 다음, 다시 폭을 반으로 갠다. 마지막으로 길이를 반으로 접어서 접은 금이 오른쪽에 오도록 덮는 이불 위에 얹는다. 선뜻 상상이 가지 않을 텐데, 아무튼 그런 느낌이다.

가끔 이런 이불 정리법을 눈치채고 신경 써서 똑같이 개어놓는 손님도 있다. 그러면 어느 것이 사용한 이불인지 알 수 없게 된다. 베개에 머리카락이 붙어 있지 않나, 요가 까슬까슬하지 않나 요와 이불들을 일일이 펴보는 지경이 된다.

이러한 사정이다 보니 부디 이불 정리는 대충 해주었으면 하는 바람이다.

기울어진 산장

야쿠시자와 산장은 기울어져 있다. 이는 입지적인 문제 때문인데, 현관이 있는 정면에서 보면 그 이유를 알 수 있다. 산장의 왼쪽은 능선의 경사면이고, 오른쪽으로는 계곡이 흐른다. 즉, 경사면에 쌓인 눈에 눌려서 산장이 기울어지는 것이다.

한번은 골든위크(4월 하순부터 5월 상순까지 휴일이 이어지는 일본의 황금연휴 기간-역자 주)에 산장의 상황을 보러 간 적이 있다. 지붕 위에는 무거워 보이는 눈이 5미터 정도 쌓여 있었고 경사면과 산장 사이에도 눈이 꽉 차 있었다. 강 쪽의 눈은 대부분 녹아서 산장 옆면이 노출되어 있었다.

아마 추운 겨울 동안에는 눈 속에 묻혀 있었을 것이다. 초봄의 묵직한 눈이 짓누르고 있는데도 산장은 잘 버티고 서 있었다. 커다란 눈 모자를 쓴 산장의 모습을 보니 왠지 눈물이 날 것 같았다.

1981년에 내린 큰 눈으로 산장의 식당이 무너진 적이 있었다. 현재는 새로 지은 식당동과 현관 앞의

황금연휴 기간, 눈에 묻힌 산장 (사진 제공 – 고노 가즈키)

견고한 바이오 화장실(배설물을 톱밥 등과 섞어서 미생물의 활동으로 분해해 물을 사용하지 않거나, 사용하는 경우에도 수세식 화장실에 비해 소량으로 해결하는 화장실-역자 주) 사이에 끼어 있는 형태로 옛 건물이 서 있다. 그래서 기운 정도는 현관이 있는 옛 건물이 가장 심하다.

산장에서 일하는 사람은 눈에 익어서 별 생각이 없지만 접수를 마치고 복도를 지나가는 손님들은 위화감이 느껴지는 모양이다. 건물은 기울어졌지만 바닥은 수평으로 바로잡았기 때문에 평형감각이 깨진 손님들이 비틀비틀 걷곤 한다.

계단도 경사가 심해졌다. 강 쪽을 등지고 경사면에 설치된 계단은 조금씩이지만 매해 가팔라지고 있다. 미끄럼방지 테이프를 붙이고 손잡이를 만들기는 했지만 나중에는 줄사다리라도 놔야 하나 하고 농담을 던지고 싶을 정도다.

예전에는 식당에서 몸통이 동그란 젓가락을 사용했었는데, 식당 여기저기서 젓가락이 데구르르 굴러가는 소리가 끊이지 않았다. 청소를 하다 보면 식당 바닥에서 나뒹구는 젓가락이 꼭 나올 정도였다. 이런 이유로 지금은 각진 젓가락을 쓰고 있다.

그리고 테이블의 한쪽 다리를 괴어 수평을 맞췄다. 기울어진 것에 익숙한 우리는 수평을 이룬 테이블이 아무래도 기울어진 것 같은 느낌이 들었다. 그래서 수평기로 확인해보니 역시나, 기울어진 것은 우리들인 것 같다.

산장이 한쪽으로 쏠린 탓에 경사면 쪽 창문 몇 개는 열리지 않게 되었다. 반대로 계곡 쪽 덧문은 열려서 떨어졌다. 산장 개장 때 다다미가 걸려서 들어가지 않고 벽의 베니어판이 휜다. 산장에 틈새도 생긴다. 당연히 비가 새는 곳도 생겼다.

경사면인 지붕에서 떨어지는 비는 지면이 아니라 기울어진 벽을 타고 흐른다. 접수 데스크 뒤편에 있는 나의 침상에도 비가 새기 시작했다. 한밤중에 빗물이 얼굴에 떨어져서 깜짝 놀라 깰 때는 이불을 밑으로 밀고 머리맡에 컵과 걸레를 놓는다. 폭풍우가 치는 밤이면 두세 번은 깨서 걸레를 짜고 컵의 물을 버린다.

한번은 머리맡에 하얀 꽃처럼 생긴 가늘고 긴 버섯이 핀 적이 있었다. 잠자리에 들 때는 없었는데 아침에 일어났더니 피어 있어서 놀랐다. 하룻밤 사이에 저렇게 버섯이 피다니, 생명의 신비를 느낄 수 있었다.

그렇게 몇 년간 계속 빗물이 샜는데, 2018년 태풍 제비 때 산장 지붕이 일부 날아가 버린 후에는 낙숫물의 경로가 바뀌었는지 딱 멈췄다. 다른 곳에 영향이 없을까 걱정했는데 2019년에 지붕 전체를 새로 바꾸게 되어서 일단 안심이다.

북알프스의 산장도 새로 짓는 곳이 늘었다. 다카마가하라 산장도 개수공사를 했고 다른 산장의 바이오 화장실 공사도 마쳤다. 이곳도 몇 년 후가 될지 모르지만 언젠가는 새로 지을 것이다.

기울어진 집을 바로 세우는 공법을 몇 가지 조사해보았다. 이 산장의 경우는 지반 침하가 아니라 옆에서 가해지는 눈의 압력이 원인이니까 잭(jack)으로 들어 올려서 무언가로 받쳐주면 아직 괜찮지 않을까 생각했다.

아무리 낡았어도 고장 나고 망가진 곳을 수리하고 시간과 품을 들여 소중히 가꿔온 곳이다. 산장도 우리를 지켜주었다. 부디 오래 버텨주기를 바란다.

산도 살아 있는 생물이듯이 산장 역시 마찬가지다. 여기서는 형태가 있는 존재 모두가 전체의 균형을 유지하려고 살아 있는 것 같다. 어느 한계점에 달하면 붕괴해버리지만 그럼에도 불구하고 재생을 반복한다. 우리는 그런 시간 속에 살고 있는 게 아닐까.

매해 산장의 문을 닫을 때는 모두 모여서 산장에게 '고마웠습니다' 하고 인사를 한다. 그리고 내년도

무사히 건재해주기를
기도한다. 산장도
우리를 내려다보며
'또 추운 겨울이
오는구나' 하고
생각할까.

산장이 기울어지지 않게 하는 아이디어 없을까요?

토대를 단단히 한 다음
잭을 넣는다.

기울어졌으면 잭을 사용해
들어 올려서 수평을 잡는다.

사방에서 잡아당기는 건 어떨까.
산이 무너지려나?

그림의 떡?

기울어져도
돌아오게끔.

고정하기보다 유연성을 주어
힘의 영향을 받지 않게 하는 것이 좋을까….

3장

성수기가 오다

성수기와 주방 사정

공휴일인 7월 셋째 주 월요일. 연휴부터 각 산장은 성수기에 돌입한다. 이날부터 등산로 입구로 들어오는 버스 운행이 시작된다. 물론 날씨에 좌우되긴 하지만 많을 때는 야쿠시자와 산장에만 80명에서 100명 가까운 등산객이 몰려온다.

그전까지는 많아도 한 자릿수가 넘지 않았는데, 대체 이 많은 손님이 다 어디서 솟아난 거냐며 처음 일하러 온 아르바이트는 놀라서 눈을 동그랗게 뜬다. 그들로서는 아직 주방 일에 익숙하지 않은 이 시기가 가장 힘들다. 반대로 이 시기를 극복하면 이후의 고생은 별것 아닌 것처럼 느껴진다. 그러니 이 시기만 견디면 된다.

산장에 아직 등산객이 도착하지 않은 연휴 첫날 오전은 평소처럼 조용하고 평화롭다. 물 흐르는 소리가 듣기 좋다.

"진짜로 여기가 북적북적해질 정도로 올까?"

"진짜로 온답니다."

이렇게 말하며 예약표를 보며 실실 웃었다.

얼마 후 점심시간이 지난 무렵부터 사람들이 하나둘 찾아왔다. 일찍 도착한 사람에게는 산장에 머물지 말고 산을 오르라고 권한다. 접수 데스크에는 '오늘은 이불 한 장을 두 명이 사용해주십시오'라는 안내판이 걸려 있다.

얼마 안 있어 산장지기는 접수 데스크에 붙어 있게 된다. 화장실에 갈 짬도 없어서 물도 마시지 못한다. 오후 세 시에는 사람들이 줄을 서고, 주방에 있는 나와 신참 아르바이트도 전투태세에 돌입한다.

식당은 한 번에 40명까지밖에 들어올 수 없기 때문에 1회전(回戰), 2회전, 3회전, 이렇게 식사 시간을 나눈다. 마치 싸우러 나가는 듯한 표현이다. 등산을 시작했을 때 선배에게 식사 때 사용하는 숟가락과 젓가락은 무기라고 배운 것의 영향일 것이다. 그 말대로 산에서의 식사는 전쟁과 같다.

식당 테이블에 작은 주발과 접시를 세팅하고 음식을 담는다. 따뜻한 음식은 직전에 담기 때문에 2회전 이후는 담을 수 있을 만큼만 담고 나머지는 주방 선

반에 둔다.

마지막 30분은 진짜 전쟁이다. "도울 거 있어요?" 하고 단골손님이 슬쩍 들어오기라도 하면 "이거 담아주세요!", "저거 옮겨주세요!" 하고 상대가 손님이란 것도 잊은 채 지시를 하게 된다. 아직 일의 흐름에 익숙하지 않아서 허둥지둥한다. 겨우 시간에 맞게 손님을 식당에 들이고 한숨 돌리고 싶은데 그럴 수 없다.

2회전째에 내놓을 반찬을 볶아서 용기에 담고 1회전의 뒷정리와 2회전의 배식, 설거지를 한다. 이렇게 사람이 많으면 늦게 도착한 손님도 있어서 3회전에 돌입한다.

직원의 식사는 소등 1시간 전에 할 수 있으면 최상이다. 처음에는 소등 후까지 다음 날 아침 식사 준비를 했다. "아직 익숙하지 않으니까 내일은 새벽 세 시 반에 시작할까요?"라는 산장지기의 말에 나는 가만히 고개를 끄덕였다. 새벽 세 시 반이면 산 아래에서는 밤늦게까지 어슬렁대다 잠자리에 드는 시간이지 기상 시간이 아닌데.

다음 날 아침, 아침 식사 2회전을 끝내고 직원들이

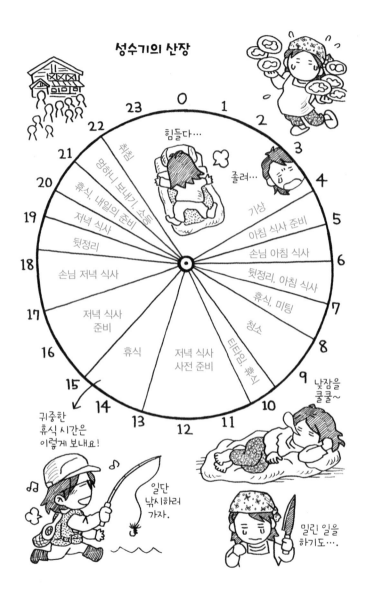

성수기의 산장

힘들다…

졸려…

귀중한
휴식 시간은
이렇게 보내요!

일단
낚시하러
가자.

낮잠을
쿨쿨~

밀린 일을
하기도….

식사를 한다. 한숨 돌리고 나면 청소를 시작한다. 아무리 사람이 많이 와도 산장이 커지는 것은 아니기 때문에 청소하는 범위는 똑같지만 사람이 적을 때보다는 당연히 시간이 많이 걸린다.

청소를 하고 새로 개는 이불의 수는 70세트. 쓰레기 처리와 빈 캔을 찌그러뜨리는 것도 의외로 품이 든다. 화장실 청소는 다로다이라와 구모노타이라에서 내려오는 등산객들 때문에 쉽게 끝나지 않는다. 청소 중에 벨이 울릴 때마다 매점으로 뛰어간다.

그렇게 아침부터 산장 안을 뛰어다니는 상황이 사흘간 계속되다가 연휴가 끝나면 손님들의 발길이 줄어서 평일에는 5~60명으로 안정된다. 아르바이트도 4명, 5명 계속 투입되어 꽤 편해진다. 이제 조금 쉴 수 있으려나.

이 성수기는 대개 8월 중순의 연휴가 끝날 때까지 이어진다. 최근에는 평일, 휴일 관계없이 산에 오를 수 있는 세대가 늘어서 이전만큼 주말에 사람이 집중되지 않는다. 그래도 날씨가 좋은 주말은 사람들로 붐빈다. 좁은 산장 안은 콩나물시루처럼 되어서 손님도 고생이다.

커다란 배낭을 방 안에 두면 이불을 깔 수 없어서 모든 짐은 복도에 둔다. 발 디딜 틈도 없다. 이렇게 혼잡하면 자기 짐을 어디에 두었는지 알 수 없거나 잘못해서 바꿔 가는 일이 발생한다.

신발이 없어졌다, 비옷이 없다고 호소하는 사람이 나온다. 그때마다 산장지기는 산장을 돌며 손님 한 명 한 명에게 물어서 실수로 짐이 바뀌지 않았는지 확인한다. 대개는 본인이 찾아보니 있었다는 경우가 많지만 실수로 바꿔 가져간 경우도 있어서 난처하다.

그리고 깜빡하고 챙겨가지 않은 물건도 늘어난다. 어두운 시간에 서둘러 나가는 사람은 침상에, 비가 온 후에는 건조실에 물건을 빼먹고 그냥 간다. 두고 가는 물건은 수건, 손수건, 양말, 티셔츠 등 종류도 다양하다. 헤드램프, 휴대용 라디오, 선글라스, 안경 같은 고급품도 있고, 심지어는 자동차 키, 틀니도 나오는데 괜찮을까 걱정된다.

분실물은 최소 1년간 보관한다. 착불 택배로 보내주기노 한다.

이처럼 야단법석인 계절인데, 나는 이 계절이 그다지 싫지 않다. 물론 너무 바빠 좋아하는 낚시도 거의 갈 수 없고 몸도 녹초가 되지만, 지인이 찾아오기도 하고 이전에 일했던 사람이 놀러오기도 하는 즐거운 계절이기도 하다. 직원도 5명으로 늘어나 유사 가족 생활도 시끌벅적하다.

아침에 화장실 앞에 길게 늘어선 줄과 쉬지 않고 울려대는 벨 소리, 불평불만의 대응도 성수기다워서 저절로 쓴웃음이 나온다. 그래도 아침에 손님이 "신세 졌습니다" 하고 즐겁게 출발하는 모습을 보면 마음이 흡족하다.

이 시기에 이곳에 오는 사람들은 분명 불편함 따위 신경 쓰지 않는 터프한 사람들일 것이다. "후지산에서는 세 명이 담요 한 장으로 밤을 났어요" 하고 말하는 사람도 있었다. 복잡하던 복잡하지 않던 그 상황을 즐기는 것이다.

나도 그런 점은 배워야겠다.

산장의 식사 메뉴 (예시)

※식재료 재고 상황에 따라 메뉴는 달라집니다.

아침

- 매실 장아찌
- 염교
- 양배추
- 톳나물
- 과일
- 콩자반
- 우엉조림
- 달걀말이
- 청어조림
- 엽차
- 흰쌀밥
- 미역 된장국
- 맛김

도시락

- 조릿대 잎에 싸서 찐 찹쌀떡 (×3개)
- 대나무 껍질로 싼다
- 종이팩 차
- 물수건
- 도시락 2개인 경우는 주먹밥 (플러스×2개)

저녁

- 갓장아찌
- 스파게티 샐러드
- 양배추
- 깍지째 삶은 풋콩
- 엽차
- 차가운 마 메밀국수
- 과일
- 돼지고기 간장조림
- 고야두부*
- 호박
- 표고버섯
- 고부마키**
- 채소볶음
- 흰쌀밥
- 버섯두부 된장국
- 조림 4종

144

* 두부를 냉동 및 저온 숙성시킨 뒤 건조시킨 것—역자 주
** 청어 등을 다시마로 말아서 찐 것—역자 주

2차 물자 수송 헬기

8월 첫째 주, 성수기가 절정인 이 시기에 식재료와 일용품 등을 날라주는 두 번째 물자 수송 헬기가 뜬다. 2차는 1차 때와 상황이 같을 수 없다. 헬리콥터 이착륙장인 산장 앞 테라스가 휴식하는 등산객으로 꽉 차기 때문이다.

우선은 짐을 내릴 장소를 확보하기 위해 테라스에 있는 사람을 물려야 한다. 헬기의 다운워시(downwash, 헬리콥터의 회전 날개가 아래로 내리미는 공기로, 아래로 강한 바람이 분다-역자 주)가 생각보다 강해서 위험하기 때문에 위쪽에서 내려오는 사람과 흔들다리를 건너는 사람도 막아야 한다.

헬기는 날씨에 따라 몇 시에 어느 산장에 비행할지 알 수 없기 때문에 사람들을 물리는 것은 "다음에는 야쿠시자와 산장으로 갑니다"하는 무선을 듣고 나서 시작한다. 산장에 도착한 사람에게는 사전에 헬기에 대해 알리는데, 짐을 잔뜩 펼치고 말리거나 컵라면에 뜨거운 물을 붓고 있기도 해 가슴이 철렁한다. 서

둘러 정리해 산장으로 들어가게 한다.

또, 헬기가 뜨는 일정은 헬기 회사의 사정과 날씨 등 여러 가지 이유로 좌우되는데, 이상하게 꼭 예약만 해도 80명이나 되는 그런 날에 헬기가 뜬다. 심지어 아침부터 날씨를 보면서 오늘은 안 뜰 거라고 대수롭지 않게 여기면 해질녘에 갑자기 무선으로 준비하라는 연락이 온다.

해질녘이면 저녁 식사 준비로 한창 바쁠 때다. 그런 때에 "헬기 떠요!"하고 산장지기가 외치면 장난하냐고 말하고 싶어진다. 이미 식당 안은 사람들로 와글와글하다. 모두에게 헬기 착륙에 대응하도록 알리고 주방에서 고독한 싸움을 시작한다. 4배로 속도를 높여서 음식을 준비하지 않으면 제때 식사를 낼 수 없다.

그래도 헬기가 떠주기만 하면 그나마 감사한 일이다. 이 시기에는 식재료 등의 수송이 사흘만 늦어져도 200명 분량의 식재료가 사라진다. 날이 갈수록 식재료를 저장한 냉동고의 바닥이 드러나는 것은 정신 건강상 좋지 않다.

만일 일주일 동안 헬기가 뜨지 않는다면 완전히

바닥나는 식재료도 있다. 이후의 예약 상황을 살피면서 메뉴를 짠다. 내일도 헬기가 뜨지 않으면 매기라도 잡아야 할 것 같다는 농담을 하는 상황이 되어야 겨우 헬기가 나타난다. 헬기가 뜬 당일에 꽁꽁 언 삼겹살을 깨서 저녁 식사를 준비한 적도 있다.

그 결과 깨달았다. 대개의 일은 어떻게든 되고, 어떻게 안 되는 일은 어쩔 수 없다. 최근에는 크게 걱정도 하지 않고 웃을 수 있게 되었다.

헬기가 오면 채소를 확인하고 보살펴야 한다. 무슨 말인가 하면, 한여름 산 아래에서 헬기로 수송된 채소는 산 위와의 온도 차이로 수증기가 발생해 물방울이 맺혀 축축해진다. 그 상태로 상자에 꽉꽉 채워두면 순식간에 상해버린다.

우선, 수송된 채소를 펼쳐서 말린다. 그다음에 신문지로 싸거나 신문지를 사이에 끼워서 마른 종이 박스에 담는다. 처음 채소를 받았을 때보다 박스의 개수를 하나 정도 더해 넉넉하게 담는 것이 요령이다.

그렇게 보관한 채소도 얼마 지나면 다시 물방울이 맺혀 신문지가 젖는다. 이것을 자주 꺼내 상하지 않았는지 확인하고 신문지와 박스를 햇볕에 말려서 다시 채소를 담는다. 번거로운 작업이지만 이렇게 하면 채소의 보관 상태가 완전히 달라진다. 냉장고가 있는 산 아래에서는 할 필요 없는 작업이다.

이처럼 헬기가 수송한 귀한 채소는 소중하게 사용된다. 산장의 채소는 이런 식으로 운반하고 보관하는 과정을 거쳐 손님들의 밥상에 오르게 된다.

산장의 채소 보관 방법

※ 헬기로 올라온 채소는
  잘 말릴 것!

양배추

하나씩 신문지에 싼다.
종이 박스에 넣을 때
꽉꽉 채우지 않는다.

오이

2~3개씩 랩으로 싼다.
오이 표면의 오톨도톨한
돌기가 떨어지지
않도록 한다.

대파

2~3개씩
신문지에 싼 다음
세워서 보관한다.

토마토

꼭지가 아래로 가게 해서 두는데
어떻게 해도 짓물러서 아래에 완충재를 깐다.

구긴 신문지

뚜껑이 어긋나지 않도록
무거운 것을 얹어둔다.

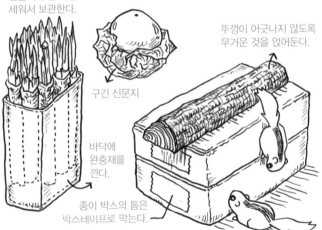

바닥에
완충재를
깐다.

종이 박스의 틈은
박스테이프로 막는다.

그 밖의 채소

으악~

사이에 신문지를 끼워
넉넉하게 담는다.

대파를 상자에 담은 채 위에서부터
꺼내 썼더니 아래쪽 파가 녹아서
냄새가 심하게 났다….

달걀도 헬기로 올라온 후에 깨진 것이
없는지 하나씩 확인해두지 않으면
썩어서 초파리가 꼬여 난리가 난다.

날씨 좋은 날에는 채소를 담아두던
축축한 종이 박스와 신문지를 햇볕에 말린다.
채소에도 바람을 통하게 하고
상한 것이 없는지 확인한다.

151

바이오 화장실과
가마솥 목욕통

산장의 화장실이 주목받게 된 것은 후지산이 유네스코 세계유산 등재를 목표로 했을 때 대소변 처리가 문제가 되었기 때문이다. 그전까지 산장의 화장실은 분뇨를 파묻거나 흘려보내는 등, 싼 채로 두는 형태가 대부분이었다.

1999년 환경성이 분뇨 처리에 대한 보조금 제도를 시행했고 그 후 일단 중단되었지만 명칭을 바꿔 재개되었다. 이를 계기로 산장의 화장실은 상당히 개선되었다.

그렇기는 하지만 화장실 문제는 완전히 해결된 것이 아니라 여러 시점에서 보았을 때 현재 진행형이라 해야 한다. 고민해야 할 과제는 많다.

이곳 야쿠시자와 산장의 화장실도 이전에는 재래식이어서 겨울 동안 분뇨의 수분을 지면에 침투시켰다. 청소도 쉽지 않아 분뇨가 튀는 것을 막는 함석에 달라붙은 대변을 주전자로 물을 뿌리면서 북북 닦아냈다.

화장실은 산장 중앙에 위치했는데, 그 바로 위는 객실이었다. 당연히 그 방은 성수기가 되면 암모니아 냄새가 폴폴 풍겼다. 도착한 손님을 "이쪽으로 오세요"하고 안내했을 때 손님이 "앗, 냄새"하고 말하면 괜히 미안해지곤 했다. 하지만 2005년에 바이오 화장실 공사를 한 후에는 화장실 위치도 현관 쪽으로 이동했고 냄새도 나지 않게 되었다.

야쿠시자와 산장의 바이오 화장실은 톱밥을 사용하는 방식이다. 두루마리 화장지도 넣을 수 있다. 사용법은 용변을 본 후 벽에 부착되어 있는 스위치를 누르기만 하면 된다.

변기 안의 스크루가 돌면서 분뇨의 수분을 흡수한 톱밥을 휘저어 섞는다. 또, 히터로 수분을 증발시키고 톱밥에 있는 호기성 미생물(산소가 있는 곳에서 정상적인 생활을 하는 미생물-역자 주)이 남아 있는 고형물을 분해한다. 질소, 인산, 칼륨 등의 무기질 성분이 남아서 톱밥에 달라붙어 유기비료라는 흙이 된다.

그러나 성수기가 되면 수용량 초과로 톱밥이 축축해진다. 호기성 발효를 촉진시키는 미생물은 수분이

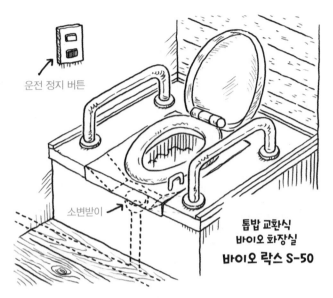

운전 정지 버튼

소변받이

톱밥 교환식
바이오 화장실
바이오 락스 S-50

설명문은 붙어 있는데, 모양이 이렇다 보니 양변기가 아니라
좌변기로 착각해 사용하는 사람이 있다. 뭔가 좋은 방법이 없을까.

많아지면 산소가 부족해져 분해 속도가 떨어진다. 한 마디로 말하자면 냄새가 난다. 변기는 4개뿐인데 매일 몇백 명이 볼일을 보니 어쩔 수 없다. 이것은 바이오 화장실의 문제점 중 하나다.

　해결 방법을 고민하다가 방향제를 뿌려서 냄새를 줄여보려고 했는데 근본적인 해결은 되지 못했다. 낮에도 발전기를 돌려 화장실의 교반기와 히터를 계속 돌리는 수밖에 없다.

멍청한 이야기인데, 다른 균도 넣으면 활성화하지 않을까 싶어서 산장에 있던 빵 만들 때 쓰는 효모균을 투입해본 적도 있다. 혹시 그걸 넣으면 부풀어오르는 것 아니냐는 말이 나와서 허둥지둥 빵 만들기 책을 뒤졌다.

"1차 발효 후에 주먹으로 쳐주래요."

"아니, 그걸 누가 해."

설마 그렇게 되지는 않을 거라고 웃어넘겼지만 약간은 걱정되었다. 하지만 아쉽게도 효모균은 바이오 화장실에는 아무 효과가 없어서 모두 안도했다.

산장의 화장실은 배치는 효율적이지만 일단 좁다. 이것은 단순히 토지의 공간 문제라서 더 이상 넓게 지을 수는 없었다. 세정수 순환식 화장실을 짓지 못한 이유도 여기에 있다. 아무튼 바이오 화장실의 변조(재래식 화장실에서 배설물을 담아두는 용기-역자 주)와 기계가 자리를 차지한다.

문을 닫고 변기에 앉으면 바로 코앞에 문이 있다. 몸집이 큰 다로다이라 산장의 가즈키 씨는 문을 열고

산장의 바이오 화장실

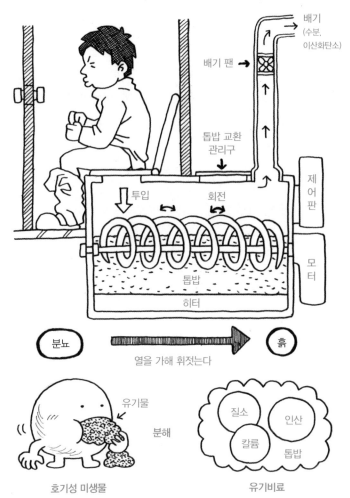

배기
(수분,
이산화탄소)

배기 팬 →

톱밥 교환
관리구
↓

제어판

모터

투입 ↓   회전

톱밥

히터

분뇨   열을 가해 휘젓는다   흙

유기물

호기성 미생물   분해

질소   인산   칼륨   톱밥

유기비료

바지를 올리기 때문에 깜짝 놀라곤 한다. 문에 얼굴이 닿는다고 말하는 걸로 봐선 좁긴 좁나 보다. 엉덩이 닦는 것도 힘드네"라고도 말했는데 이건 나도 동감이다.

그리고 모양 때문에 헷갈리는지 좌식인데 재래식처럼 쭈그리고 앉아서 볼일을 보는 사람이 간혹 있다. 바로 앞 소변받이에 대변이 자리 잡고 있는 경우가 있는데, 산장 사람들은 이것을 '역전(逆轉)'이라고 한다. 역전의 날 화장실 청소 담당이면 우울해진다.

역전한 것이 바닥에 떨어져 있을 때도 있다. 어떻게 떨어진 걸 모를까 싶은데, 그걸 밟아 바닥에 퍼져서…… 아아, 그만하자.

이런 화장실과 관련된 이야기는 한번 하기 시작하면 끝이 나질 않으니 이 정도에서 끊는 게 좋겠다.

온천이 있는 산장도 있지만 보통 산장에는 목욕탕이 없다. 하지만 이는 손님용이 없다는 말이고 사실은 있다. 다른 산장은 어떤지 모르지만 이 산장은 물이 풍부해서 목욕통에 몸을 담글 수 있다.

손님은 할 수 없고 직원만 목욕을 하는 것이 미안

한데, 토지의 공간, 목욕통의 크기, 연료를 고려하면 도저히 서비스를 제공할 수 없다. 직원의 비위생적인 상태는 접객을 하고 음식을 조리하는 업종으로서 바람직하지 않으니 이해해주기를 바란다.

이 산장의 목욕통은 가마솥 밑에서 직접 불을 때는 방식의 목욕통이다. 옛날 한 도적이 산 채로 솥에 넣어져 삶아졌다는 데서 유래한 커다란 가마솥에 물을 붓고 밑에서 장작불을 때는, 옛날 느낌 물씬 나는 정겨운 목욕통이다. 나도 이 산장에 와서 처음 이 목욕통에서 목욕을 해볼 수 있었다.

목욕은 일주일에 두 번 한다. 바쁜 날은 목욕을 할 수 없기 때문에 목욕하는 날은 조금씩 변동된다. 그리고 큰비가 내리면 물이 탁해지고, 밖에서 장작불을 때야 하기 때문에 가능한 한 날씨 좋은 날에 한다.

장작도 쓰러진 나무를 전기톱으로 자르고 손도끼로 쪼개서 쓰기 때문에 낭비할 수 없다. 나무는 쓰러진 지 얼마 안 된 것보다 2, 3년 지나서 건조된 것이 좋다. 장작으로 쓰면 좋겠다고 눈으로 찍어놓았던 강가 자갈밭의 나무가 강물이 불어 쓸려 내려가는 바람에

실망한 적도 있다.

목욕물을 데울 때는 솥에 물을 붓고 장작을 때기만 하면 되는 게 아니다. 먼저 지붕 위에 설치한 태양열 온수기에 물을 넣고 차가운 계곡물을 종일 데워야 한다. 날씨가 좋아서 잘 데워지면 미지근한 온수가 된다.

태양열 온수기의 물을 목욕통에 붓고 장작을 때는데 장작이 젖어 있으면 연기만 나고 불이 붙지 않는다. 장작은 발전기실에 넣어두어 건조시킨 다음 사용한다. 장작에 불을 붙이는 방법도 사람마다 다르다.

한번은 태양열 온수기의 급수 물탱크에 죽은 겨울 잠쥐가 들어간 적이 있었다. 그 사실을 안 것은 목욕물을 데우려고 장작에 불을 지핀 후였다. 왠지 냄새가 난다고 생각하면서도 물에 몸을 담근 산장지기는 목욕통에 들어가기 전보다 냄새를 풍기며 나왔다.

성수기 때 이곳에서 일하는 직원은 다섯 명이다. 물은 풍부해도 온수는 한정되어 있기 때문에 데운 물은 아껴 써야 한다. 온수는 된장 통으로 두 통이 한계다. 거기에 찬물을 섞어서 머리를 감고 몸을 씻기에

가장 마지막에 씻는 사람 외에는 목욕통에 들어갈 수
없다.

　사정이 이렇다 보니 비수기가 되어서야 목욕통에
들어갈 기회가 찾아온다. 무쇠로 만들어진 목욕통에
목까지 담그면 몸속 깊은 곳까지 따뜻해진다. 희미하
게 풍기는 장작 타는 냄새까지 더해져 최고로 행복한
한때를 즐길 수 있다.

산장에서 하는 목욕

태양열 온수기
태양열로 차가운 계곡물을
데워 급탕한다.
지붕 위에 설치되어 있다.

급수

급탕

집열 패널

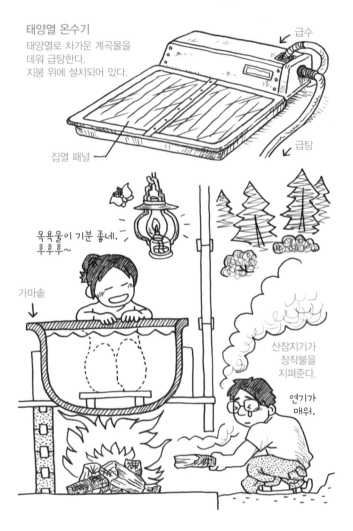

목욕물이 기분 좋네.
후후후~

가마솥

산장지기가
장작불을
지펴준다.

연기가
매워.

조난 사고와 산악경비대

자동차를 타면 교통사고를 당할 위험이 있듯이 산에 오르면 산악 사고를 당할 위험이 있다. 대개의 사고는 사전에 막을 수 있을지도 모른다. 그러나 불행하게도 자연계의 불확정 요소와 자신의 판단 실수가 겹쳐지면 조난의 위험이 높아진다.

내가 야쿠시자와 산장에서 일하는 동안에도 매해 산악 사고가 발생했다. 대개는 나무로 만든 보도나 등산로에서 미끄러져 넘어지는 사고다. 팔다리를 삐거나 골절을 당하는 경우가 많지만 불행히도 사망 사고로 이어질 때도 있었다.

내가 아는 범위에서는 이 부근에서 세 건의 사망 사고가 있었다. 그중 하나는 계곡을 오르는 중에 일어났다. 때는 늦가을로, 전날은 첫눈이 왔다. 이른 아침에도 서리가 내려서 계류를 따라 등산하는 사람들은 "이렇게 추운데 정말 가는구나" 하고 말하면서 산장 앞에서 등산화 대신 계류를 오르는 전용 신발로 갈아 신었다.

그날 오후가 되자 조난 대책 무선이 시끄러웠다. 내용을 들어보니, 폭포 상부에서 사람이 떨어져 보이지 않는다고 했다. 사람이 떨어졌다는 폭포는 35미터 높이에서 수직으로 떨어지는 폭포로, 위에서 떨어지면 목숨을 건질 수 없다. 때문에 당장 도야마현 경찰 헬기가 출동했다.

폭포 아래쪽으로 내려간 산악경비대는 수색을 시작했다. 상공에서도 헬기로 수색했지만 사람의 모습은 찾을 수 없었다. 아마 용소(龍沼) 안에 있을 거라고 추측해 젊은 대원이 몸에 로프를 묶고 용소로 잠수했다. 두 번째 잠수에서 웅덩이 깊숙이 들어가 있던 조난자를 발견해 끌어냈다.

해가 지기 직전, 경찰 헬기에 조난자를 태웠다. 간신히 비행할 수 있는 시간대였다. 남겨진 대원들은 어둠 속에서 야쿠시자와 산장까지 온몸이 얼어붙을 정도로 차가운 구로베 강을 내려왔다.

산장에서 일하는 우리에게 있어 산악경비대는 조난 사고가 발생했을 때 큰 의지가 되는 존재다. 그들은 경찰 헬기로 출동하거나 헬기가 뜰 수 없는 기상

상황일 때도 최선의 방법으로 달려와준다. 몸과 마음을 다해 펼치는 대원들의 구조 활동, 등산객과 조난자에 대한 배려, 위로를 느낄 때마다 저절로 고개가 숙여진다.

일단 산악 조난 사고가 발생하면 산악경비대가 출동하고, 동시에 산장과 조난대책협의회, 경찰, 소방항공대, 병원, 교통기관 등의 관계 기관이 연계해 움직인다. 이런 산악 구조 체제가 만들어진 것은 등산의 대중화로 조난 사고가 증가했기 때문이다.

이곳 근처에서도 대형 산악 사고가 발생한 적이 있다. 야쿠시자와 동남 능선에서 아이치대학 산악부 학생 13명이 사망한 사고다. 그 사고가 일어난 1963년은 이 지역에 내린 기록적인 폭설로 많은 재해가 발생한 해였다.

아이치대학 산악부는 연말부터 다음 해 1월에 걸쳐 야쿠시다케 등정을 위해 섣달그믐에 다로다이라 산장에 들어갔다. 설날은 산장에 머물렀고, 2일에는 어느 정도 전진해 캠프를 설치했다. 이때 마찬가지로 야쿠시다케 등성을 계획해 정상을 향해 가던 일본치과대학 산악부가 아이치대학의 캠프 앞을 지나갔다.

그 후 아이치대학 산악부는 일본치과대학 산악부를 따라잡아 함께 정상에 오르려고 했는데 눈보라가 심해 앞이 보이지 않게 되었다. 아이치대학 산악부는 정상 300미터 앞에서 등정을 포기하고 돌아갔고, 일본치과대학 산악부는 정상까지 갔다가 하산을 시작했다. 그런데 일본치과대학 산악부가 아이치대학의 캠프를 통과할 때 먼저 하산한 아이치대학 산악부는 아직 돌아오지 않은 상태였다.

아이치대학 산악부는 야쿠시다케 2,658미터 분기점에서 동남 능선으로 길을 잘못 들어선 것이었다. 부원들의 시체 발견 장소, 유품의 메모를 통해 2일과 3일은 눈보라 속에서 비박을 했고 4일이 되어 돌아오는 도중에 11명이 피로로 동사, 나머지 2명은 설비(雪庇, 산 능선의 바람받이에 튀어나온 처마 모양으로 쌓인 눈-역자 주)를 밟아 구로베 쪽으로 떨어져 추락사한 것으로 추정되었다.

대규모의 구조, 수색 활동이 펼쳐졌다. 구조대, 경찰, 자위대 등 보름 동안 1차 수색 활동에 동원된 인원만 해도 총 2,400여 명, 언론에서는 4~5,000명에 이른다고 언급했다. 출동한 항공기도 42대, 비행 횟수는 총 82회에 이르렀다.

수색 활동은 오랜 기간에 걸쳐 이루어졌고 11명의 사체가 발견되었다. 그러나 8월 말, 대책본부는 조직적 수색으로 전환했고 이후는 자주적 임의 수색으로 바뀌었다.

그 후에도 이소지마 마스터는 유족을 돌보며 수색을 계속했다. 나머지 두 명의 사체까지 발견된 것은 조난 발생일로부터 286일째인 10월 14일이었다. 마스터도 13명 전원을 직접 화장할 수 있게 되어 마음의 짐을 내려놓을 수 있었다고 했다.

마스터의 말에 의하면 사체를 수색할 때 신기하게도 그 가족이나 가까운 사람이 찾아 나서면 발견된다고 한다. 아이치대학 산악부 조난 사고 때도 마지막 한 명을 찾은 것은 그 학생의 아버지였다. 심지어 수색 마지막 날이었다.

그 외에도 이런 이야기가 있다. 교토에 사는 학생이 이곳 근처 계곡에 쓸려 내려가 며칠을 수색해도 시

도야마현 경찰 헬리콥터 3대(代) 쓰루기
Agusta Westland AW139 (JA139T)

AW139는 해상보안청, 경찰항공대, 소방방재항공대 등에서도 활약하고 있다. PT6C 터보 샤프트 엔진 2기가 탑재되어 있다.

체를 찾을 수 없었다. 학생의 어머니가 "물가까지 가서 이별 인사를 할게요"라고 말하고 댐 물가로 내려갔을 때 수면 위로 새끼손가락 하나가 나와 있었다. 바로 애타게 찾던 학생이었다. 죽어서도 부모와 자식은 서로 영혼을 부르는 걸까.

마스터가 강조하는 말이 있다.

"산에서 생활하고 산에서 사는 인간은 돈에 얽매이지 말고 자신이 할 수 있는 일은 최대한 해야 한다. 자신이 산에서 어떤 재해를 당할지 모르기 때문에 사람에게는 최선을 다해두어야 한다."

이것은 마스터의 생활에 그대로 드러난다.

등산로 입구를 통해 입산할 때, 앞쪽으로 13층짜리 탑이 보인다. 이것은 아이치대학 산악부 학생 13명의 위령비로, 나도 입산할 때와 하산할 때 꼭 그 앞을 찾는다.

아이치대학의 캠프가 있었던 곳에는 커다란 돌탑이 세워졌고 동남 능선과 등산로의 분기점에도 돌탑을 세워 중앙에 불상을 안치했다.

또, 분기점의 돌탑 근처에는 유족의 기부로 피난 산장이 만들어졌는데 지금은 지붕도 없이 쌓아 올린 돌만 남아 있지만 적설기에는 방향을 알려주는 표적 역할을 하고 있다. 실제로 이곳에서 눈보라를 피했다는 기록도 있다.

이 대형 조난 사고가 있고 2년 후인 1965년, 기존의 경찰 산악구조대를 보다 개선하여 편성한 도야마현 경찰 산악경비대가 발족했다.

산악경비대를 지도하는 과정에서 '다테야마 가이드'라는 집단이 중요한 역할을 했다. 애초에 산악경비대에는 체력은 있지만 등산 초보자인 사람이 많았다.

가이드는 산에 대해서, 그리고 산에서의 구조 기술과 마음가짐을 대원들에게 가르쳐주었고 실제로 구조 활동을 할 때도 도움을 주었다.

이들은 예전에는 등배 등산에서 종자(從者, 따라다니며 시중드는 사람-역자 주) 일을 하던 사람들의 계승자들로 일본의 근대 등산 여명기를 뒤에서 받쳐주었다. 그야말로 산에 살며 산에서 일하는 프로 산사람 집단이다.

1차 남극 관측대에도 이 다테야마 가이드에서 5명이 진영 설치 담당자로 참가했다. 그중 3명은 공식 기록이 아닌 개인 행동이기는 하지만 빈 캠프를 지키고 있는 동안 다른 대원과 5명이서 일본인 최초로 남극 대륙에 상륙했다는 여담이 있다. 모두 산은 물론, 모험도 좋아한 모양이다.

이야기가 옆으로 샜는데, 산악경비대가 발족한 다음 해인 1966년에는 산장과 산악회, 소방대원, 관공서의 젊은 직원들로 구성된 도야마현 산악조난대책협의회가 설치되었고, 야쿠시다케 방면의 단장은 마스터가 맡았다. 현에서는 그 외에도 여러 산 방면에 조난대책협의회를 설치했다. 그리고 같은 해, 도야마현 등산신고 조례가 공포, 시행되었다.

그 후에도 산악경비대의 여름 시즌 산 상주와 조난 대책용 무선국 개국, 병원 옥상의 헬기 이착륙장 차용, 경찰 헬기 도입 등 조난 방지와 구조 대책은 더욱 체계화되었다.

여름 등산 시즌이 시작되면 야쿠시다케 방면 조난 대책 무선의 정시 교신이 시작된다. 이것은 이 일대 산장이 연계해 조난 대책과 구조에 관한 전달을 하는 것으로, 정보를 공유하기 위해서 반드시 필요하다. 각 산장은 이 무선으로 일대 등산로의 상황과 날씨, 등산객의 동향을 알 수 있다.

정시 교신에 참가하는 몇몇 산장은 다른 현과의 경계에 있고 경영자도 그쪽 현 사람이지만 안전이라는 면에서 도야마현은 아니어도 같은 산악지역으로서 연계하고 있다.

또, 성수기의 다로다이라 산장에는 산악경비대가 상주하면서 등산객을 상대로 지도를 하고 조난 사고에도 대응한다. 마찬가지로 조난대책협의회 대원도 교대로 산장에 올라가서 순찰을 하고 사고가 발생했을 때는 협력을 아끼지 않는다. 이렇게 많은 사람의 협력이 있기에 산장이 존재할 수 있는 것이다.

산장에서 일하기 전에는 생각도 못했는데 산에는 이곳과 관계하는 많은 사람들의 생각과 활동과 역사가 존재한다. 그리고 지금 나도 그 역사의 연장선상에 있는 것이다. 산장에서 일한다는 것은 이들 선배들의 뜻을 이어나가는 것이라고 마음을 다잡는다.

여름 산 성수기의 야쿠시자와 방면 조난 대책 무선의 정시 교신 범위 개념도

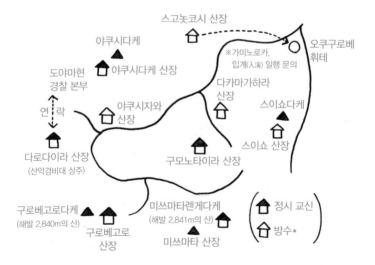

조난 사고는 등산객에게만 일어나는 것은 아니다. 산장 직원도 사고에 직면할 수 있다는 사실을 잊어서는 안 된다.

1997년, 시즌 오프로 접어들어 산장 영업을 모두 끝내고 야쿠시자와 산장에서 다로다이라 산장으로 짐을 지고 운반하는 중에 땅이 무너져 내린 곳에서 산장 직원이 미끄러져 떨어진 사고가 있었다. 다른 사람들은 모두 띄엄띄엄 떨어져 있어서 다로다이라 산장에 모두 도착한 후에야 그 직원이 없다는 것을 알았다.

그래서 그를 찾기 위해 다시 돌아갔는데 떨어진 직원을 발견했을 때 그는 이미 심장 박동이 멎은 상태였다. 헬기로 급히 병원으로 옮겼지만 결국 사망하고 말았다. 정말 안타까운 일이다.

야쿠시자와 산장에는 목숨을 잃은 직원의 어머니가 만든 지장보살상이 현관 앞에 모셔져 있어서 직원과 등산객의 안전을 지켜주고 있다.

그의 형도 매해 야쿠시자와 산장을 찾아온다. 죽은 동생도 나처럼 이 산장을 좋아했고 강 낚시를 좋아했던 모양이다. 그 형은 매년 이곳을 찾아 동생이 사용했던 낚싯대로 낚시를 한다.

　여기서 지내다 보면 이곳은 산이라기보다는 생활의 장이라는 느낌이 들곤 한다. 그러나 아무리 익숙해지더라도 이곳은 자연 한가운데다. 항상 상상력을 발휘해 행동하는 것의 중요성을 잊지 말아야 한다.

단골과 식객

거의 매해 산장을 찾아주는 단골들이 있다.

이곳은 시즌 중에 곤들매기 낚시를 즐길 수 있기 때문에 단골의 대부분은 낚시를 좋아하는 사람이다. 1년에 한 번이지만 여러 해 얼굴을 보면 친해지기 마련이다.

단골들마다 매해 산에 올라오는 계절이 정해져 있어서 산장지기와 둘이 "슬슬 누구누구가 올 텐데" 하는 이야기를 나누곤 한다. 오지 않으면 죽은 줄 알라는 말을 남기고 하산하는 사람도 있어서 와야 할 사람이 안 오면 어쩐 일일까 걱정된다. 그러다 "또 왔어요" 하고 얼굴을 비추면 안심이 된다.

산장지기와 나보다 더 오래전부터 이곳을 찾고 있는 대선배도 많다. 술을 마시면 옛날이야기가 튀어나온다. 스토리는 매해 똑같지만 매번 모두 큰 소리로 웃는다.

즐거운 기억은 차곡차곡 쌓인다. 모두 어느 사이에 산장과 원류를 좋아하게 된 사람들이다. 산장에 있는 사람은 이런 단골들 덕분에 산장 일을 계속할 수 있다.

단골 중에는 선물을 잔뜩 가져다주는 사람도 있다. 돈을 내고 숙박하면서 산장 사람을 위해 선물을 잔뜩 짊어지고 오니 놀라울 뿐이다.

단골이 가지고 오는 것 중에는 산 아래서는 먹어볼 수 없는 술과 음식도 있다. 우리는 '세상에 이렇게 맛있는 것이 있구나' 하고 입맛을 다시는데, 그 음식을 가져온 본인은 손님 식사로 나오는 스파게티 샐러드를 먹고 맛있다고 말하니까 어찌할 바를 모르겠다.

그 단골이 다음에는 무얼 가져왔으면 좋겠냐고 물어서 꽁치가 먹고 싶다고 했는데, 다음번에 정말 꽁치를 잔뜩 가져왔다. 얼음 5킬로그램, 꽁치 24마리가 들어 있는 스티로폼 박스를 지게에 지고 올라온 것이다. 통통하게 살이 오른 꽁치를 보고 세상에 이렇게 큰 꽁치가 있나 놀랐다.

그 꽁치가 내장이 제거된 것들이라서 "속이 없다" 하고 농담을 하기에 무심코 "꽁치는 내장을 먹는 생선인데" 하고 말했더니 다음 해부터는 내장을 제거하지 않은 꽁치를 가져다주었다. 그때 무가 없다고 소동을 부렸었나? 그래서 결국 무까지 가져다주게 되었다.

가져다주는 단골은 힘들겠지만 모두 크게 좋아하니까 이것이 가을의 연례행사처럼 되어버렸다. "못 가져오게 되면 더 이상 못 오겠네"라는 단골의 말에 "무리하지 말고 조금씩 짐을 줄이세요" 하고 말했다.

손님 식사 메뉴에 꽁치가 없는데 꽁치를 조리하는 냄새와 연기만 풍기는 경우가 있을 수 있다. 그런 때는 이런 사정으로 직원이 꽁치를 먹고 있는 것이다.

최근에는 줄었지만 이 산장에는 식객도 있다. 식객은 산장 일을 도우면서 산장에 머무는 사람을 말한다. 물론 급여는 없고, 대부분이 전 직원이다.

식객은 기본적으로 바쁠 때를 노려서 일을 도와주러 온다. 특히 가을에는 직원이 3명뿐인데 100명이 넘는 손님이 올 때가 있다. 그런 때, "바쁠 거 같아서 왔어요" 하고 구세주처럼 나타나곤 한다. 지금까지 수라장 같은 상황에서 여러 번 도움을 받았다. 모두 이곳 사정을 잘 알기 때문에 일일이 가르칠 필요도 없고 아무튼 정말 고맙다.

산장이라는 폐쇄 공간에 옛 동료가 찾아와주는 것은 무엇보다도 큰 즐거움이다. 시간이 지나도 한솥밥을 먹고 같은 시간을 보낸 동료는 인생의 보물이다.

산 위까지 이걸 짊어지고 왔다고요?
놀라운 선물들

도야마의 대표 토산물 고부지메*. 청새치, 흰오징어 등 뭐든 다시마로 싼다. 술안주로 최고다.

산장지기가 좋아하는 치즈케이크. 여기까지 망가뜨리지 않고 가져오다니 놀랍다!

이 자리를 빌어

매번 감사합니다!

아르바이트로 일하는 여성의 부모님이 짊어지고 온 수박. 그녀가 가장 좋아하는 과일이다. 사랑이 느껴진다.

여러 가지 술…
여러 가지 추억…

아카네사스 야마자키 보우라이 비 이소지만 모리이조

* 소금에 절인 생선 살을 다시마에 싸서 다시마의 풍미를 배게 하는 것-역자 주

낚시와 곤들매기와 나

구로베 원류의 곤들매기는 구로베 강물의 거친 물살에 이리저리 밀려다니기에 강하고 멋진 지느러미를 갖고 있다. 설마 하고 웃을지 모르지만, 이곳의 곤들매기들은 그 지느러미로 몸을 일으켜 강가 자갈밭을 구불구불 걸어간다. 근육이 울퉁불퉁하고 몸통도 굵고 머리가 큰 대신 길이가 약간 짧다. 물 흐름이 잔잔한 곳에 사는 곤들매기처럼 몸길이가 자라지 않는다. 이곳의 곤들매기는 월척(길이가 한 자, 즉 약 30.3센티미터 남짓한 물고기-역자 주)이라 할 정도로 머리가 크지만 막상 재어보면 몸길이는 시원치 않다. 그래서 이 강에서 월척을 낚기는 어렵다. 산장 주변 강에서 낚은 물고기의 평균 크기는 23~24센티미터 정도다. 상류로 갈수록 크기는 작지만 그만큼 수는 많아진다. 강가를 따라 걸으면 물고기가 떼를 지어 물속을 획획 달린다. 옛날에는 강이 새까맣게 보일 만큼 많았다고 하는데 지금은 그 정도는 아니다.

낚시인도 매해 늘어서 곤들매기 역시 그 작은 머리

로 기억할 수 있을 만큼의 털바늘 유형을 익힌 것 같
다. 이제는 미끼를 보러 왔다가 휙 돌아간다. 이전에
는 아무 의심 없이 떠올라 어떤 털바늘도 덥석 물었는
데. 어쩔 수 없다. 시대는 변했다. 이것이야말로 구로
베 원류 곤들매기라고 말할 수 있을 만한 순진한 곤들
매기는 더 이상 없다. 곤들매기도 참 살아가기 힘든 세
상이라 생각할 것이다.

　나도 매해 산장 일을 하다 시간이 나면 부리나케
낚시를 하러 간다. 산장지기는 용케 질리지 않는다며
어이없어 한다. 하지만 낚시만큼 재미있고, 잡생각 없
이 시간을 보낼 수 있는 취미도 없다. 모순된 말이지만
곤들매기 낚시를 좋아하는 만큼 낚시에 걸린 곤들매
기가 가엾은 마음도 크다. "물고기가 불쌍한데 왜 낚
시가 좋을까" 하고 낚시를 하지 않는 직원에게 물었더
니 "인간은 그런 거예요" 하는 말이 돌아왔다.

　낚시에는 드라마가 있다. 똑같은 행위를 반복하지
만 거기에는 곤들매기와의 한 번뿐인 만남이 있다. 그
중에서도 특히 이곳에서만 경험할 수 있는 이야기를
하고자 한다. 강의 조건이 좋아서 낚싯대를 던질 때마

다 잘 잡힌 날이었다. 많은 수가 잡혀서 '이렇게 쉽게 덥석 물면 안 돼' 하고 생각하며 곤들매기를 풀어주며 놓아두었던 낚싯대를 들고 일어섰을 때였다. 어느 사이에 낚싯줄이 강물에 흔들렸는지 곤들매기가 멋대로 미끼를 물고 있었다.

또, 낚시하러 갔을 때 위에서 들여다보이는 깊은 못에 털바늘 미끼를 던지자 그것을 본 곤들매기가 세 방향에서 몰려와 '와, 대단하다' 하고 생각했는데 세 마리가 동시에 미끼 아래까지 와서 머리를 콩 부딪치며 다 같이 공중제비를 한 적도 있었다. 그중 한 마리의 등에 바늘이 걸려서 잡아 올렸는데, 불쌍하면서도 웃음이 났다. 이것도 물고기가 떼를 지어 다니는 구로베 원류에서나 볼 수 있는 일이다.

성수기 동안 이곳에서 강과 곤들매기를 보다 보면 많은 것을 깨닫게 된다. 그중 하나는 곤들매기의 거처다. 초봄에는 큰 못에 서로 몸을 기대듯이 떼를 지어 있다. 이것은 겨울 동안 눈으로 막힌 구로베 강에서 수온이나 수량의 영향을 받기 어려운 큰 장소에 모여 있기 때문일 것이다. 수온이 낮을 때는 몇 번 먹이를 흘려줘도 거들떠보지도 않는다. 그러다 수온이 오르기 시작하면 물 위로 흐르는 먹이에 달려든다. 또, 얕은 여울에 나와서 먹이를 먹게 되면 훨씬 낚기 쉽다.

'장마 후 열흘(장마가 끝난 직후는 태평양 고기압의 세력이 지속되기 쉬워서 안정된 여름의 덥고 맑은 날씨가 열흘 정도 지속되는 경우가 많다-역자 주)'이라고 불리는 맑은 날씨 동안에도 중반이 되면 강의 수량이 줄어서 곤들매기도 예민해진다. 하늘 위 천적에게 발견되기 쉬울 것이다. 그렇게 많던 곤들매기도 그림자를 감춰서 수가 적어진 것을 확실하게 느낄 수 있다. 다들 어디로 가버린 걸까. 그러다가도 8월 중순이 되고 태풍도 올라와 비가 내리기 시작하면 어디서 솟아났는지 다시 곤들매기가 줄줄이 나타난다. 지금껏 땅속에 숨어 있었던 게 아닐까 고개를 갸웃거리게 된다. 이런 변화는 해(年)에 따라 다르다. 가령 눈이 많은 내린 해는 수온이 낮아서 먹이를 먹기 시작하는 계절이 늦어져 물고기의 크기가 작고, 일찍 따뜻해지면 이른 계절에 강을 거슬러 올라온다. 눈이 많은 해, 물이 부족한 해, 폭염이 기승을 부린 해 등 곤들매기는 환경 변화에 순응하며 살아간다.

이전에 이른 봄에 눈과 토사가 뒤섞인 홍수가 난 적이 있다. 산장 앞 흔들다리가 무너지고 하류 자갈밭의 커다란 나무들이 여러 그루 쓰러졌다. 아직 산장의 문을 열기 전이라 사람이 없을 계절이었기 때문에 상상에 불과하지만 상당히 큰 홍수였을 것이다. 이때 상류의 곤들매기는 괴멸 상태가 되었고 가끔 잡히는 것들도 몸이 상처투성이라서 '용케 살아남았구나' 하고 존경하는 마음을 갖지 않을 수 없었다.

상태가 이렇다 보니 강이 회복하기까지 몇 년이나 걸릴까 매우 안타까웠는데 계절이 가을로 접어들면서 알게 된 것이 있다. 강가나 얕은 내에 평소에는 볼 수 없는 곤들매기의 치어들이 헤엄치고 있었던 것이다. 그렇다, 포식자이기도 한 성어가 줄어든 덕분에 치어가 이렇게 살아남은 것이다. 놀랍고 대단한 일이다. 이런 추세라면 분명 물고기의 수도 금방 늘어나겠지 싶었다.

나의 기대대로 3년이 지나자 곤들매기의 수는 원래 상태로 회복되었다. 쓰러진 하류의 나무들도 말라

죽은 줄 알았는데 뿌리는 살아 있어서 쓰러진 채로 새 잎이 무성하게 자랐다. 이곳의 자연은 오랜 옛날부터 수도 없이 이렇게 붕괴와 재생을 반복하며 세대를 넘어 생명을 이어온 것이다.

이곳에서는 '구로베 원류의 곤들매기를 사랑하는 모임'이 곤들매기의 이식방류(수정란, 치어, 성어를 산 채로 다른 수역으로 이동시키는 것-역자 주)를 하고 있다. 이것은 곤들매기가 거슬러 올라갈 수 없는 계곡에 본류로부터 곤들매기를 이식하여 종을 보존하려는 활동이다. 근종교배를 피하기 위해 정기적으로 방류한다. 이식방류에 대해서는 찬반양론이 있는데, 모임에서는 본류의 곤들매기만 이식한다는 원칙을 지켜서 생태계 파괴로 이어지지 않도록 활동하고 있다. 회원은 오래전부터 낚시를 즐기는 단골 유지가와 이에 찬성한 낚시인이다.

그런 이유에서 모임은 잡은 곤들매기를 놓아주기를 바란다. 이것은 어디까지나 바람이므로 먹어도 상관은 없다. 계곡이 주는 은혜를 누리는 것도 낚시의 즐거움 가운데 하나다. 난, 대량으로 잡은 곤들매기를 아이스박스에 담아가는 행위는 삼가기를 바란다. 이렇게 많은 사람이 오는 장소에 이렇게 많은 곤들매기가 서식하는 맑은 물이 또 있을까. 부디 앞으로도 계속 이 구로베 원류가 곤들매기가 떼를 지어 다니는 계곡으로 남기를 바란다.

4장

가을의 계곡,
그리고 산장의
문을 닫다

강을 거슬러 오르는 곤들매기

아, 오늘부터 가을이다. 계절은 서서히 변화하지 않는다. 어느 날 갑자기 바뀐다. 쌀쌀한 공기와 하늘 색깔, 그리고 바람의 속삭임이 가을이 왔음을 알려준다. 산장지기에게 "가을이네요" 하고 말하자 그도 하늘을 올려다보며 "그러네요" 하고 말하는 걸 보면 나만 그렇게 생각하는 것은 아니다. 그 무렵이 되면 곤들매기도 앞으로 맞을 산란 계절을 대비해 강물을 거슬러 오르기 시작한다. 산란에 적합한 상류의 흐름이 약한 여울이나 지류를 향해 커다란 곤들매기가 다 함께 강을 거슬러 오른다.

산장에서 다이토 신도로를 따라 15분쯤 내려가면 일명 '어비(魚飛) 폭포'가 나온다. 높이 3미터, 길이 10미터 정도의 낙차에서는 곤들매기가 팔딱팔딱 날듯이 강을 거슬러 오른다. 오전에 비해 수온이 오르는 오후에 더 힘차게 날아오른다. 움푹 패어 있는 곳에는 하얀 물거품이 있어 자세히 알 수 없지만 아마 셀 수 없을 정도로 많은 곤들매기가 모여 있을 것이다. 강을 지켜

보면 속도를 붙여서 한 번에 낙차를 넘듯이 뛰어오르는 모습을 볼 수 있다. 오른쪽의 폭이 좁은 낙차를 뛰어오르는 것을 봤다는 사람도 있는데, 정면은 수량이 상당하기 때문에 맞서서 거슬러 올라갈 수 없다. 물이 세기에 튕겨 나가버린다. 최종적으로 어떻게 위로 올라가는지는 정확히 알 수 없지만 곤들매기는 이 낙차를 뛰어넘기 위해 여러 번 도전할 것이다.

이 시기의 곤들매기 중에는 몸통이 주황색을 띠는 개체가 증가하는데, 이는 혼인색(婚姻色)이라 하여 번식기에 나타나는 현상이다. 특히 몸집이 큰 수컷은 턱이 다부져서 멋지다. 수컷은 이 튼튼한 턱으로 암컷을 차지하기 위해 싸운다. 짝을 이룬 수컷이 다른 수컷을 몰아내는 모습도 관찰할 수 있다. 살그머니 다가가서 관찰하는 것도 이 계절에만 가능한 즐거움이다. 수컷과 암컷이 상대의 꼬리를 따라 물속을 빙글빙글 돌며 춤추는 모습 역시 감동적이다.

산란은 시즌 오프로 산장이 문을 닫은 후 수온이 어느 정도 내려간 후에 이루어져서 관찰할 수 없다. 곤들매기는 연어와 달리 한 번 산란한 후에 죽지 않고 몇 년에 걸쳐서 산란을 한다. 알이 부화하는 것은 한겨울로, 치어는 봄까지 같은 산란 장소에서 지낸다. 눈이 녹아 물의 흐름을 타고 강가나 따뜻한 곳에 분산되는데 성어에 먹히는 개체도 많다. 자연의 세계는 혹독하다.

가미노로카와 아카기사와

구로베 강은 중류에서 상류에 걸쳐 대규모의 V자 계곡, 구로베 협곡으로 되어 있다. 현재는 이 구로베 협곡의 구로베 호수부터 하류의 협곡을 시모노로카(下ノ廊下), 상류의 협곡을 가미노로카(上ノ廊下)라고 한다. 또, 가미노로카의 협곡대가 끝나는 입석 기암 너머는 오쿠노로카(奧ノ廊下)라고 부른다. 가미노로카라는 이름의 '로카(廊下)'는 산악 용어로 고르주(gorge)다. 고르주는 좁고 험한 골짜기, 즉 협곡을 말한다.

가미노로카는 일반 등산로가 아니다. 길이 없는 계류를 따라 등산하는 루트로, 걸어서 강을 건너는 어려움이 있고 행로가 길어 상급자용 계곡이다. 잔설의 상황과 수량(水量)에 따라 정도는 다르지만 수량이 적은 해는 성수기에 스무 팀 정도 계곡을 거슬러 오르고, 반대로 수량이 많은 해는 두세 팀의 용자만이 계곡을 거슬러 오른다. 걸어서 강을 건너는 것이 핵심인 계곡이므로 강을 건널 때 실수로 물에 빠져 익사하거나 통과할 수 없는 폭포를 피해 산허리로 돌아가는 중에 미끄러져 추락사하는 사고도 적지 않다. 그런 위험한 곳을 왜 굳이 오를까 생각할 수도 있는데 길이 없는 계류를 따라 오르는 등산의 재미는 그런 자유로움에 있다. 어디서 물을 건널지, 어디를 오를지, 지형을 보고 생각한다. 결국은 모두 같은 포인트를 선택하기 때문에 사람이 자주 들어가는 계곡에는 루트에 하켄(등반할 때 바위틈에 박는 쇠못-역자 주)이 남아 있기도 하다.

이 협곡의 멋진 모습을 설명하고 싶은데 안타깝게도 나는 아직 이곳을 거슬러 오른 적이 없다. 이전에 계류를 따라 오르는 등산모임에 가입했을 때 계획은 세웠지만 태풍으로 산행이 취소되었다. 그 후 산장에서 일하기 시작했기에 지금은 산장에서 등산하러 가는 일행을 그저 쳐다보는 수밖에 없다. 언젠가는 나도 그들처럼 강을 거슬러 오르고 싶다.

가미노로카를 지나 오쿠노로카에서 B계곡을 빠져나가면 야쿠시자와 산장까지 등산로가 이어져 있다. 협곡을 거슬러 올라온 일행이라면 산장까지는 콧노래가 절로 나올 것이다. 이와는 반대쪽에 있는 아카기사와 계곡을 목표로 한 사람들은 이곳 산장에서 계곡을 탈 채비를 한다. 우선 해야 할 것은 걷기 쉬운 신발을 준비하는 것이다. 이때 갈아 신는 신발은 밑창이 펠트나 고무로 된 전용 신발이다. 밑창이 펠트로 된 신발을 신는 경우 다른 산역에서 식물의 씨앗이 반입되지 않도록 사용 후에는 반드시 잘 씻어두어야 한다. 고산 식물은 섬세하기 때문에 신경을 써야 한다.

가을의 이른 아침에는 계곡 자갈밭의 돌에 서리가 내려 미끄러지기 쉽다. 아카기사와 계곡 합류점 직전의 협곡까지는 두세 번 강을 건너고 자갈밭을 걸어야 한다. 수량이 많을 때는 강을 건널 때 다리에 힘을 주고 버티지 않으면 제대로 걸을 수도 없다. 합류점 전의 협곡은 왼쪽 기슭에서 우회하거나 오른쪽 물가 암벽을 옆으로 이동해 통과한다. 오른쪽 기슭은 짐이 크면 옆으로 이동하는 중에 짐이 걸리거나 끼어버린다. 계절에 따라서는 이곳의 못에서 시커멓게 떼를 지어 헤엄치는 곤들매기를 볼 수 있다. 이 협곡을 빠져나가면 아카기사와 계곡 합류점은 코앞이다. 합류점에는 에메랄드빛 물이 가득한 넓은 못이 있다. 저절로 낚싯대를 던지고 싶어지는 풍경이지만 의외로 곤들매기는 살기 어려운 듯 물고기의 모습은 보이지 않는다.

합류점을 지나면 드디어 아카기사와 계곡을 거슬러 오르는 등산이 시작된다. 아카기사와는 두 산 사이에서 시작해 구로베 강 본류에 합류하는 수려한 계곡이다. 환하게 열려 있고, 폭포들은 하나같이 아름답다. 특히 두 번째로 나오는 폭포는 무심코 못에 뛰어들고 싶을 정도로 아름답다. 이전에 한 아르바이트는 "예전에 그 못에서 젊은 여성 둘이 헤엄을 쳤는데, 그 모습이 선녀 같았다"고 했는데, 또 다른 때는 "알몸으로 헤엄치는 아저씨도 봤는데 지옥의 못에서 꿈틀거리는 붉은 귀신 같았다"고 말했다. 풍경이란 그때의 상황에 따라서 완전히 다르게 보이는 모양이다.

그 뒤로도 아름다운 너럭바위와 폭포가 이어지는데, 가을에는 측면에 있는 벽의 풀잎들이 주황색으로 물들어 그 아름다움에 수도 없이 감탄의 한숨을 내쉬게 된다. 폭포는 적극적으로 물에 들어가서 넘어가듯이 오를 수 있는데 좌우로 우회한 사람들의 발자국이 선명하다. 이윽고 35미터 높이의 암벽을 따라 수직으로 떨어지는 폭포인 아카기사와 대폭포가 눈에 들어오면 저절로 환성이 나온다. 이곳만큼은 가을이 아닌, 수량이 많은 계절이 오히려 박력이 넘친다. 대폭포는 오른쪽 벽의 잡초나 나무를 잡으면서 곧장 일직선으로 올라가거나 앞의 발자국을 따라 우회해서 오른다. 어느 쪽이든 크게 어렵지 않지만 자칫 떨어지기라도 하면 사고로 이어질 수 있다.

대폭포 상부에서 보는 전망도 멋지다. 한차례 조망을 즐겼으면 이제 대단원이다. 계곡을 끝까지 따라가서 하산하는 것도 좋지만, 대개는 다로다이라 방면으로 하산하기 때문에 바로 앞 지류에서 암벽을 횡단해 오르는 경우가 많다. 어느 쪽으로 오르든 최상류에서 길이 없는 덤불을 헤치고 나가야 할 일은 없고 그대로 넓은 초원이 나온다. 능선은 바로 앞이다.

이 계곡도 십여 년 전부터 매스컴에 소개되는 일이 늘어나 찾아오는 사람도 많아졌다. 수량이 적은 가을철이 이곳의 성수기로, 날씨가 좋은 9월 연휴 때는 대폭포를 오르기 위해 대기하는 사람들의 행렬이 만들어지기도 한다. 나는 사람이 없을 때만 가봤기 때문에 도저히 상상이 안 되는 풍경이다. 앞으로도 찾는 사람이 계속 늘면 최상류의 고산식물이 피해를 입지 않을까 걱정이다. 확실히 최근 몇 년 사이에 여태껏 사람 발자국이 없었던 장소에도 발자국이 생겼다. 이것도 산장이 있기 때문에 생기는 좋은 점과 나쁜 점일까. 앞으로의 경과에 주의를 기울여야겠다.

가미노로카

사진 중앙에 화강암의 대암벽이 우뚝 서 있다. (사진 제공 – 다마루 미즈호)

협곡을 돌파하는 일행(사진 제공 – 다마루 미즈호)

아카기사와

널따랗고 아름다운 계류 폭포(사진 제공 – 이케가미 료)

이곳에서 가장 큰,
암벽을 따라 수직으로 떨어지는
35미터 높이의 대폭포
(사진 제공 – 이케가미 료)

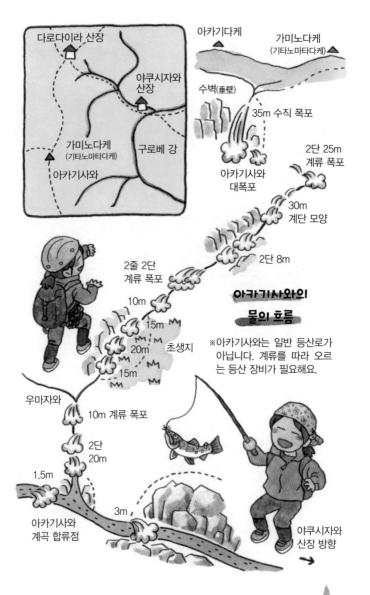

다로다이라 산장

야쿠시자와 산장

가미노다케
(기타노마타다케)

아카기사와

구로베 강

아카기다케

가미노다케
(기타노마타다케)

수벽(垂壁)

35m 수직 폭포

아카기사와
대폭포

2단 25m
계류 폭포

30m
계단 모양

2단 8m

2줄 2단
계류 폭포

10m

15m

20m

초생지

15m

아카기사와의

물의 흐름

※아카기사와는 일반 등산로가
아닙니다. 계류를 따라 오르
는 등산 장비가 필요해요.

우마자와

10m 계류 폭포

2단
20m

1.5m

아카기사와
계곡 합류점

3m

야쿠시자와
산장 방향
→

햇빛을 받아 빛나기 시작한 아카기사와 계곡 합류점. 물빛이 서서히 변한다.

나의 곤들매기 낚시 장비

드라이플라이(물에 뜨는 미끼-역자 주)로 털바늘 낚시. 수면에 띄우기만 하면 되는 간단한 방법이다.

모자

편광선글라스

낚싯대 길이 3.6m

3m 정도 레벨 라인 4.0호

플라이 낚싯대

웨트 플라이(물에 가라앉는 미끼-역자 주)도 가끔 사용한다.

목줄 0.8호 80cm 정도

낚시용 조끼

파이브텐 캠프 포 쉽게 미끄러지지 않는다.

랜딩넷 (뜰채)

다양한 털바늘

그날의 곤들매기의 기분에 맞춰서 고른다. 개미 모양은 늘 잘 낚인다.

드라이 셰이크*

릴

날도래 모양

↑ 개미 모양

털바늘을 띄우는 플로턴트

CDC 던**

털바늘을 빼는 겸자

라인커터

아담스***

* 드라이플라이의 부력을 유지하기 위해 수분을 제거해줌 -역자 주
** 부력이 뛰어난 오리 엉덩이 털로 털미끼의 날개를 만듦 -역자 주
*** Adams, 대표적인 드라이플라이 -역자 주

207

폭포를 거슬러 오르는 곤들매기

산란 계절에 대비해 물을 거슬러 오르기 시작한 곤들매기 떼

가을이 되어 상류의 산란 장소를 찾아서 강을 거슬러 오르는 곤들매기
순환하는 생명의 행위

동거인 겨울잠쥐

이곳 산장에는 직원뿐만 아니라 겨울잠쥐도 함께 살고 있다. 겨울잠쥐는 쥐목(目), 겨울잠쥐과(科) 겨울잠쥐속(屬)으로, 국가가 지정한 천연기념물이다. 겨울잠쥐를 실제로 본 적이 있는 사람은 적을 텐데, 이 산장에서는 가끔 모습을 나타낸다. 언뜻 쥐와 비슷한데 꼬리가 길고 탐스러우며 등에 까맣고 굵은 줄이 있어서 쥐와는 구분된다. 크기는 꼬리를 제외하면 손바닥에 들어갈 정도이고 동그랗고 까만 눈을 갖고 있다.

야행성이라서 낮에는 보이지 않지만 발전기를 멈출 즈음에는 주방과 따뜻한 발전기실에 쪼르르 나돌아 다닌다. 부주의하게 먹을 것을 방치하면 밤중에 모조리 갉아먹기 때문에 늘 조심해야 한다. 때로는 자고 있는 내 얼굴 위를 뛰어다니거나 담요 안에서 튀어나와 놀랄 때도 있는데 왠지 둔하고 굼뜬 구석이 있어서 미워할 수 없는 녀석들이다.

이것은 그런 동거인, 겨울잠쥐들의 이야기다.

동거인 겨울잠쥐

응?

겨울잠쥐가 출현하는 곳은
주로 주방과 발전기실이다.

뭔가
움직였어.

여기 있음.

쿵
쿵

염교
발견!

앗

가스대 위에는
음식물 찌꺼기가
떨어져 있다.

짠!

아삭

아삭

귀여워

들켰다!

빤히

앗

후다닥

들어온 구멍

도망치자!

도망치자!

213

어?

턱

?

어?
어?
어?

바둥 바둥
?
? ?

으앙ㅠㅠ

겨울잠쥐는
왠지 둔하고 굼떠서
미워할 수 없다.

출입구
발견!

요구르트에
떨어진
적도
있었다.

응?

우유

랩이 찢어져
있었다.

살려줘~

뭔가
움직이네?

이런
이런

← 구멍
뚫린 국자

걸쭉

쏙쏙쏙

쏙쏙쏙

왠지 다른 생명체처럼
되었다.

· · ·

납작

보호
했다.

낮에는 계속
하얀 설사를 했는데
밤이 되자 괜찮아져서
놓아주었다.

휘청   휘청

그 후 한동안
발전기실에
맥없는 털을 가진
겨울잠쥐가
있었는데
아마 그 녀석일
것이다….

한밤중에 사람 얼굴 위를
뛰어다니기도 한다.

깜짝

후다닥

요즘 빈번히
왔다 갔다 하네.

후다닥

예잉

어디 집이라도
지었나….

야마토 씨!

하고
생각했는데

으앙

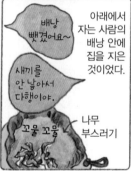

배낭
뺏겼어요~

새끼를
안 낳아서
다행이야.

아래에서
자는 사람의
배낭 안에
집을 지은
것이었다.

꼬물 꼬물

나무
부스러기

따뜻한 곳도
좋아한다.

으쌰

바스락

쪼르륵 쪼르륵

바스락

쪼르륵

…

구멍 남.

탁!!

무심코
꼬리를
잡았더니

으앗!

뚝

바둥

바둥

겨울잠쥐는
습격당하면 스스로
꼬리를 자르고
달아난다는 사실을
나중에야 알았다.

털과 피부

날씨가
좋으니
바깥 테라스에서
낮잠 자야지~
♪♫

이런
일도
있었다.

행복해~

따끈

따끈

으악!

정말이지
미워할
수 없는
동거인이다.

쏙

담요에서 튀어나와 바지에 매달린
겨울잠쥐

요구르트 안에서 뭔가가 움직이고
있다.

자세히 보니 도움을 청하는 겨울잠
쥐였다.

구로베 강에 사는 용신. 기분이 좋을 때는 같이 놀아준다.

산장 주변에 살고 있는 생물들

황조롱이

잣까마귀

반달가슴곰

왕나비

은줄표범나비

노랑할미새

겨울잠쥐

휘파람새

일본원숭이

굴뚝새

산양

산토끼

북방족제비

일본담비

능구렁이

3차 물자 수송 헬기

물자 수송 헬기도 드디어 마지막이다. 이번 3차 헬기 수송 중 특히 식재료 주문에 관해서는 매우 신중해진다. 이전까지의 헬기 수송 때는 다소 여유를 갖고 주문했지만 마지막 수송 때는 시즌 오프까지 식재료가 부족해도 안 되고 너무 여유가 있어도 곤란하기 때문이다. 통조림과 건어물처럼 겨울을 날 수 있는 것은 괜찮지만 채소나 냉동식품처럼 장기간 보관이 어려운 것은 골칫거리다. 산장지기와 머리를 맞대고 이후의 예약 상황과 장기 날씨 예보, 휴일 일수 등을 고려해 산장에 올 손님과 주문 수를 예상한다.

이 주문서 발송이 8월 중순경이고 비행 예정일은 8월 말이다. 이 무렵은 아직 손님의 출입도 많아서 손님의 수를 예상하기는 어렵다. 솔직히 9월의 날씨는 알 수 없다. 다만 7월과 8월의 날씨가 좋으면 9월은 날씨가 좋지 않은 경향이 있다. 반대로 7월과 8월의 날씨가 좋지 않으면 9월은 날씨가 좋아서 등산객이 많다. 그렇기는 해도 최근에는 성수기 때 태풍이 여러 번 발생해서 산장 이용객 숫자의 예상이 크게 빗나가기도 했다. 하긴, 예상이란 게 원래 그런 거지만.

태풍이 오고 날씨도 계속해서 좋지 않으면 헬기 회사 사정까지 더해져서 이번에는 비행이 연기된다. 대개는 연기되어도 비행 예정일에서 일주일 이내 정도에는 오는데, 때로는 일주일이 넘어도 오지 않을 때가 있다. 비행이 연기될수록 헬기가 온 뒤에 식재료가 남아돈다. 냉동식품은 산을 내려가는 짐꾼에게 들려서 내려 보내면 산 아래에서도 사용할 수 있는데 채소는 그렇지 못하다. 이전에 '호박 월동대(越冬隊)' '양파 월동대'라 이름 붙인 채소의 겨울나기 실험을 한 적이 있다. 결과적으로 호박은 완전히 녹아버렸고, 양파는 모양은 그대로 보존되었다. 산장을 개장하고 식재료가 없을 때 직원이 그 양파를 조심스럽게 먹어보았는데 배탈은 나지 않았지만 맛이 별로였다. 호박과 양파 모두 장기 보관을 위해서는 아직 시행착오가 더필요하다.

그런 이유로, 가을의 산장에서는 채소 박람회가 열린다. 지금까지 사용했던 통조림, 건어물 대신 채소를

산의 짐꾼 이모저모

등산로
정비용
발판이나

목재를
옮기기도
한다.

힘센 가즈키 씨는
전자동 세탁기도 가볍게 옮긴다.

균형 잡기
어려워….

가볍군.

길이가 긴 것은
나뭇가지에 걸려서 번거롭다.

무천도사* 같네.

나도 산장 문을 닫기 전에는
남은 식재료를 등에 져서 옮긴다.

어깨
아파….

이곳에 있는 무쇠 목욕통도 오래 전 다른
산장에 있던 걸 등에 짊어지고 운반한 것이다.

---

* 만화 《드래곤 볼》의 등장인물. 거북 등껍데기를 등에 지고 다님 —역자 주

듬뿍 활용하는 메뉴로 바꾼다. 가을 산장의 메뉴에 채소가 많이 들어갔다고 생각되면 그것은 식재료가 남아도는 것이고, 반대로 통조림, 건어물이 많으면 식재료가 부족한 것이다. 주방에서는 이 식재료 조정이 골칫거리이기도 하지만 일의 즐거움이기도 하다.

산 위쪽 사정은 이런데, 산 아래에서는 얼마나 바쁘게 일할지 쉽게 상상이 간다. 각 산장에서 보내는 주문서가 도착하면 여기저기 도매상에 발주하고, 필요한 것은 직접 구입하러 가고, 분류를 한다. 재고가 없는 일도 있고, 이런저런 고생이 많다. 게다가 헬기에 싣는 짐을 꾸리려면 각각의 짐의 무게를 측정해야 한다.

상황이 이렇기에 가끔 잘못해

서 다른 물건이 올라와도 어쩔 수 없다. 산장에서는 주문서와 비교해 과부족을 확인한다.

"버섯 통조림이 네 짝 부족해요."

"토마토 캔은 신청 안 했는데 네 짝이나 왔고."

"버섯, 토마토, 버섯, 토마토, 음……."

한 글자도 겹치는 것이 없지만 버섯 통조림과 토마토 캔을 착각한 것이 분명하다.

오래 전 이야기인데, 냉동 새우튀김을 700마리 주문했는데 7,000마리가 올라온 적이 있었다고 한다. 아마 확인할 여유도 없었을 것이다. 그러나 백과 천의 차이는 엄청나다. 직원도 처음에는 좋아하며 먹었다는데, 먹다먹다 질려서 "엉덩이에서 새우 꼬리가 자라는게 아닐까" 하는 말까지 나왔다고 한다.

힘든 건 산 아래 도매상도 마찬가지다. 오늘은 헬기가 뜨겠지 하고 아침부터 등산로 입구까지 짐을 옮겨서 하루 종일 날씨를 보고 있다가 결국 헬기가 뜨지 않은 날이 두세 번 반복되면 화가 날만도 하다. "당신들 정말 비행할 생각은 있는 거냐"고 헬기 업자에게 불평하는 도매상이 있었다나 어쨌다나.

그런저런 사정으로 결국 불쌍한 채소가 오도 가도 못한 채 등산로 입구에 놓여 있는 경우도 있다. 결국 산 위로 올라오는 것이 그 채소들이기 때문에 애써 비싼 돈을 들여 실어 날랐는데 상해서 처분할 수밖에 없는, 울래야 울 수 없는 상황이 생기기도 한다. 헬기 수송이 편리하긴 해도 모든 것을 해결해주지는 않는다.

헬기 수송 덕에 산장 생활은 크게 개선되었지만 매해 상승하는 고액의 헬기 사용료를 생각하면 앞으로의 짐 수송 방법을 전환해야 할 때가 아닐까 싶다. 개인이 경영하는 산장은 지금처럼 헬기를 사용하면 앞으로는 도저히 수지가 맞지 않을 거라는 말도 나온다. 실제로 이곳 산장 그룹에서도 최근 수년간 헬기의 비행 횟수를 줄여왔다. 다들 여러 가능성에 대해 고민한다. 산에서도 드론 수송이 가능하지 않을까 하는 말도 있다. 지금은 아직 무리지만 멀지 않은 장래에는 실현되지 않을까.

마(魔)의 실버위크

실버위크(5월의 황금연휴, 골든위크에 필적하는 일본의 가을철 대형 연휴-역자 주)라 불리는 대형 연휴가 처음 출현한 것은 2009년이었다. 두 번째는 2015년, 그다음은 2016년이다. 이 실버위크가 출현하게 된 것은 경로의 날이 본래 9월 15일에서 9월 셋째 주 월요일로 변경되었기 때문이다. 만일 공휴일인 추분이 셋째 주 수요일이면 중간에 낀 화요일이 공휴일이 되어서(일본에서는 공휴일과 공휴일 사이의 평일은 법률상 공휴일로 지정됨-역자 주) 앞의 토요일, 일요일과 이어져 5일 연휴인 실버위크가 된다.

이 첫 실버위크가 있었던 2009년, 북알프스 각 방면의 산장에는 수용 인원을 웃도는 등산객이 몰려서 산장마다 전설을 남겼다. 그렇게까지 사람이 몰린 이유로는 그해 날씨가 좋지 않아서 여름에 등산을 거의 할 수 없었다는 점과 실버위크 기간의 날씨가 좋았다는 점, 그리고 당시는 ETC(고속도로 통행료 무인요금 징수 시스템. 우리나라의 하이패스와 같은 것-역자 주) 할인으

로 휴일은 거리에 상관없이 고속도로 요금이 천 엔이
었다는 것 등을 들 수 있다.

참고로 그해 나는 산장에는 들어가지 않고 산 아
래에서 일했다. 연휴 마지막 날, 동료와 어디 산이라
도 가자고 말을 맞춰서 산맥 상부의 경승지로 들어가
단조로운 길을 걷고 있었다. 그러나 산을 오르기 시작
했을 때부터 줄줄이 내려오는 등산객들과 마주쳤다.
정말이지 내려오는 사람들의 행렬에 끝이 보이지 않
을 정도였다. 대체 얼마나 많은 사람들이 이 산에 올
랐던 걸까.

그보다 나흘 전, 야쿠시자와 산장에서도 넘쳐나는
등산객으로 산장이 비명을 질렀다. 아카즈카 산장지기
가 취임하고 1년째 되던 날의 시련이었다. 다음은 실버
위크를 산장에서 보낸 식객과 산장지기의 후일담이다.

연휴 첫날의 등산로 입구는 자동차들로 넘쳐났다.
등산로 입구에 주차장이 있기는 하지만 그곳에 주차
하지 못한 차들이 도로 양쪽에 늘어섰다. 이 시점에서
산장의 식객이 차를 주차한 곳이 등산로 입구에서 1킬
로미터 떨어진, 등산로 입구의 터널 출구 부근이다. 다

른 손님의 이야기로는 등산로 입구까지 걸어서 한 시간이 걸렸다고 하니까 그 후에도 자동차들이 길게 늘어섰을 것이다.

행렬은 자동차뿐만이 아니었다. 등산로도 사람들의 행렬로 크게 붐볐다. 특히 최초 수림대의 가파른 오르막은 폭이 좁아서 앞지르기를 할 수 있는 장소가 적다. 앞지른다고 해도 다시 사람들로 앞이 꽉 막힌다. 산길에서 자동차가 정체하듯이 가장 속도가 느린 사람의 페이스로 전체가 움직인다. 경사가 가파른 오르막이 끝나고 등산로가 넓어지는 곳에 이르러서야 겨우 정체가 완화된다. 그 앞쪽 다로다이라 산장부터는 야쿠시다케와 야쿠시자와 방면으로 사람들이 분산된다.

한편, 다음에 만들어지는 행렬은 야쿠시자와 산장의 숙박 접수 행렬이다. 점심시간이 지나면서 시작되는 접수 대응은 오후 3시가 되면 절정을 맞이한다. 그 시간이 되면 현관을 지나 등산로까지 접수 행렬이 이어진다. 산등성이에 늘어선 사람들의 행렬이 위쪽 얼룩조릿대 들판까지 이어졌다. 들판에 도착한 등산객이 "무슨 줄이에요?" 하고 물었다가 "산장 접수 줄 같아요" 하는 말에 놀랐다고 한다. 마지막 사람에게 접수 1시간 대기라고 써진 플래카드라도 들렸어야 했던 걸까.

접수 행렬은 저녁 식사 시간인 오후 5시가 되어도 전혀 줄어들 기미가 보이지 않았다. 결국 네 번에 걸쳐 143명이 저녁 식사를 했고 숙박자는 173명이었다. 이불은 두 명당 한 장. 건조실과 직원 방도 개방했고 식당에도 이불을 깔았다. 긴급 사태라서 텐트 장비를 갖춘 사람들은 앞쪽 테라스와 2층 테라스에 텐트를 쳤다. 그래도 이불이 부족해서 침낭을 지참한 사람에게는 침낭 사용을 부탁했다. 너무 비좁은 나머지 현관 쪽과 식재료 창고에서는 사람이 침낭째 굴러 나왔다.

첫날 여기서 묵은 사람들은 그대로 더 깊숙한 곳에 있는 산장으로 이동했다. 다음 날은 안쪽의 산장이 사람들로 넘쳐났다. 이 산장보다 규모가 작은 다카마가하라 산장에도 그날은 170명이 넘는 사람들이 몰려들었다. 아마 그곳의 상황은 이곳보다 더 심했을 것이다. 온천에도 사람이 가득 찼을 것이다. 밤의 정시 교신 때도 "뭐가 뭔지 모르겠어요, 이상"이라 말했다고 한다. 그때 다카마가하라 산장에 일을 도와주러 갔던 식객이 이런 이야기를 해주었다.

"딱 봐도 직원의 것이라는 걸 알 수 있었을 텐데 누가 내 이불을 가져갔더라고요. 담요 한 장뿐이어서 추워서 잠도 못 잤어요. 그런데 아침에 식사 준비를 하는 동안 내 이불이 깔끔히 개어진 채 원래 장소에 놓여져 있었더라고요. 사과의 표시인지 이불 위에는 과자가 하나 놓여 있었어요."

가을도 저물어가는 때, 이렇게까지 사람들이 몰릴 거라고 예상하지 못했던 각 산장에서는 잠잘 장소는 둘째 치고 식재료 부족을 염려했다. 평소 메뉴의 식재료가 바닥난 야쿠시자와 산장도 이틀째부터는 카레라이스를 내놓았다. 아마 다른 산장들도 같은 상황이었을 것이다. 연휴 후반에 도착한 손님이 "이곳도 카레예요? 매일 카레만 먹네요" 하고 웃었다고 한다. 이런 사태가 일어났을 때 내놓는 카레라이스는 자칫 방심하면 2회전 이후 차츰 싱거워지고 건더기도 적어진다.

식재료만이 아니다. 음료도 바닥났다. 특히 맥주가 없다는 것이 손님에게 가장 큰 실망을 준 것 같았다. 하루 종일 땀을 흘리며 걸은 뒤에 산장에 도착해서 시원한 맥주를 마시고 싶었을 것이다. "여기도 맥주가 없어요?" 하고 아쉬워하는 손님을 보고 산장지기는 그 바쁜 와중에도 맥주를 지게에 지고 오려고 다로다이라 산장까지 가기로 했다. 영업기간이 긴 다로다이라에는 아직 맥주 재고가 있었다. 한 짝에 24캔짜리 350밀리리터 캔 맥주를 네 짝, 총 96캔, 34킬로그램을 지게로 날랐다. 그런데 야쿠시자와 산장에 도착한 순간 맥주라는 것을 알아본 손님들이 지게의 맥주 상자를 잡아떼듯이 달려든 것이다.

"한 사람당 하나씩만 가져가세요!"

산장지기는 소리쳤다. 순식간에 맥주가 팔려버리자 미처 캔을 잡지 못했는지 아니면 부족했는지 한 가이드가 "이것밖에 안 가져왔냐?"고 산장지기에게 내뱉듯이 말했다. "그건 정말 심했어" 하고 산장지기는 먼 곳을 보듯 눈을 가늘게 떴다.

하지만 그런 상황에서도 다행히 불평하는 손님이 거의 없었다. 모두 기분 좋은 화창한 가을 산속을 즐겁게 걷고, '사람들로 붐비는 산장은 이렇구나' 하고

휴식하는 등산객으로 붐비는 산장 앞 테라스

포기한 채 얼마 안 되는 인원의 직원들이 필사적으로 일하는 모습에 배려를 해주었을 것이다. 고마운 일이다. 마지막에는 "두 사람당 이불 한 장이면 천국이죠" 하고 말해주는 사람도 있었다.

이곳 근처의 작은 산장에서는 정원 30명인 곳에 140명이 숙박했으니 실제로 두 사람당 이불 한 장이면 천국이었을지도 모른다. 그 작은 산장에 어떻게 140명이 묵은 것일까. 생각만 해도 숨이 막힐 것 같다. 이야기를 들어보니 식당이며 직원 방, 그리고 흙

바닥에까지 파란색 방수 시트를 깔고 그 위에 이불을 펼쳐서 잤다고 한다. 짐을 놓을 장소도 없어서 큰 배낭은 전부 산장 밖에 내놓게 한 후 시트를 깔았다.

그런 '마의 실버위크'였던 2009년으로부터 6년 후인 2015년에 다시금 실버위크가 찾아왔다. 연휴 첫날의 예약자 수는 130명, 날씨는 연휴 내내 쾌청할 것으로 예보되었다. 산장에서의 실버위크를 처음으로 체험하는 나는 두려움에 떨며 첫날을 맞이했다. 산장지기로부터 지난번 실버위크 때의 반성과 조언을 듣고 연휴 중에는 카레라이스를 내놓기로 했다. 카레는 일주일 전부터 150명분 정도를 만들어서 냉동해두었다. 그래서 준비할 것은 카레 해동과 샐러드 정도밖에 없었다. 믿음직한 식객도 네 명 있으니 준비는 완벽했다.

자, 와라, 하고 생각했는데 뚜껑을 열어보니 숙박은 예약대로 130명이 조금 넘었고 식사도 125명으로 끝났다. 지난번 실버위크를 경험한 사람들이 주저한 건지 연휴 내내 만들어놓은 카레 분량 이상의 손님은 오지 않았다. 결국 그 후 직원들은 한동안 카레를 먹을 수밖에 없었다.

이웃 구모노타이라 산장

구모노타이라 산장은 야쿠시자와 산장의 이웃인데, 북알프스는 지각변동에 의해 산이 만들어진 구조가 복잡해서 이웃이라고는 해도 땅이 갖는 분위기는 완전히 다르다. 구모노타이라는 예전에 자연적으로 생긴 댐으로 인해 만들어진 호수의 바닥이라고 했는데, 그 후 2만 년~10만 년 전에 화산에서 용암이 분출해 댐 호수의 바닥이었던 자갈층을 덮었다. 용암이 닿지 않은 부분은 이후에 침식되어 깎여서 지금의 구모노타이라의 대지(臺地, 주위보다 높직하고 평평한 땅-역자 주) 형태의 지형이 되었다. 이 사실을 알고 나서 풍경을 바라보면 이곳에 나뒹구는 검은색 돌과 용암대지에서, 의연하게 흔들리는 고산의 꽃들에게서도 유구한 이야기를 떠올리지 않을 수 없다.

야쿠시자와 산장 앞의 흔들다리를 건너서 하류 쪽으로 강가 자갈밭을 내려가면 구모노타이라 쪽으로 가는 분기점을 나타내는 간판이 있다. 이 구모노타이라 방면과 다이토 신도로 분기점에서 해발 약 500미터가 차이 나는 급한 오르막을 올라간다. 지형도에서 봐도, 실제로 올라도 놀랄 만큼 경사가 급하다. 여담인데, 나의 미대 졸업 작품은 이 구모노타이라에 이르는 급한 오르막길의 풍경이었다. 유화 100호(162.1×130.3센티미터)와 120호(193.9×130.0센티미터)의 대작이다. 그때는 설마 이렇게 산장에서 일하게 될 줄 꿈에도 생각하지 못했다. 무엇이 나를 이곳으로 이끌었고 왜 나는 지금 이곳에 있는지 정말 신기한 인연이다. 그래도 등산을 했던 그때부터 나는 이끼가 끼고 축축한 기운이 감도는 숲이 좋았다.

이 급한 오르막을 끝까지 오르면 구모노타이라의 서쪽 끝인 알라스카 정원이 나온다. 여기서 내려다보는 전망은 정말이지 장관이다. 나도 산장에서 일하는 중에 가끔 넓은 하늘이 보고 싶어지면 이곳까지 올라온다. 골짜기 밑바닥에서 천상 세계로 날아오른 느낌이 들어 속이 탁 트인다. 알라스카 정원에서 다시 나무로 만든 보도를 따라가면 팔각형의 빨간 지붕을 얹은 산장이 나타난다. 이토 지로 씨가 경영하는 구모노타이라 산장이다.

지로 씨는 고인이 된 이토 쇼이치 씨의 차남이다. 이토 쇼이치 씨는 산악 베스트셀러를 집필한 작가다. 그는 북알프스 가장 깊숙한 곳의 개척자로, 구모노타이라 산장을 포함한 세 개의 산장을 건축했다. 또, 이들 산장을 건축할 때 사비를 털어 등산로도 개통시켰다. 그러나 이 등산로는 이후 댐 공사 때 교통 규제로 인해 등산객이 크게 줄었고, 게다가 댐의 저수로 지하수압이 상승해 강의 붕락(崩落)이 심해져서 통행할 수 없게 되었다. 안타깝게도 현재는 일반 등산로로서의 기능은 잃어버렸다. 그래도 2,100미터의 전망대에서 산장으로 가는 등산로가 정비되어 산들의 능선의 전망을 조용히 즐길 수 있다.

그런 쇼이치 씨를 아버지로 둔 지로 씨는 형 케이 씨와 태어나면서부터 매년 1년에 2개월은 산에서 생활했다. 그런 그들에게 이곳 구로베 원류는 고향이자 지켜야 할 장소가 되었다. 산이 좋아 산장에서 일하러 온 나와는 근본적으로 자연을 바라보는 시선이 다르다. 자연과 함께 살아간다는 감각을 갖고 있다.

북알프스 가장 깊은 곳에 펼쳐지는 용암대지, 구모노타이라.
그 맞은편에는 스이쇼다케가 시커멓게 솟아 있다.

　지로 씨의 그런 사상이 잘 드러난 것이 2010년에
개축된 구모노타이라 산장이다. 이 산장을 개축할 때
지로 씨가 바랐던 것은 200년은 견디는, 자연과 일체
화한 건물로 만드는 것이었다. 그에게 있어 산장은 풍
경의 일부로, 자연처럼 오랜 세월을 거쳐 풍경에 녹아
드는 것이 이상적이라고 생각했기 때문이다. 그야말
로 오랫동안 산에서 살아온 산사람의 시간 감각이다.
　산장 안으로 들어가 천장을 올려다보면 산장을 관
통하는 들보에 시선이 간다. 정중하게 큰 자귀로 깎은
멋진 목제다. 댐에 떠 있던 나무를 허가를 받아 건져

올려서 들보로 사용한 것이다. 수령 400년의 솔송나무와 수령 200년의 섬잣나무다. 구조는 자연과 조화를 이루는 목조 건축을 기본으로 했다. 그리고 나무의 생명감과 존재를 중시하기 위해서 질감에 신경을 썼다. 장식적인 고안도 장인들 저마다의 취향이 응집되어 있다. 방의 배치인 공간 구성은 본인이 목조 범선의 내부 같은 입체적인 재미를 느낄 수 있도록 하고 싶다고 한 것처럼 기능적이면서도 널따랗다.

사물의 모양은 그것을 둘러싼 자연 환경과 사상, 이상을 반영한다. 일본의 장인 정신 문화는 뛰어난 자연 환경이 넉넉하고 소재가 풍족한 데 있다고 지로 씨는 말한다. 자연에서 배우고 자연을 존중하는 그의 자세는 산장에서 일하고, 작품을 만드는 일에 종사하는 나로서 크게 공감할 수 있는 부분이다.

지로 씨와도 꽤 오래 알고 지낸 사이다. 처음에는 산장의 문을 열 때 한 번 인사를 나누는 정도였는데 지금은 교류가 깊어졌다. 수년 전부터는 지로 씨의 제안으로 야쿠시자와부터 구모노타이라까지의 가파른 오르막길의 합동 정비도 시작해서 협력 체제가 만들어

지고 있다. 경영자는 다르지만 이웃끼리 서로 돕는 것
은 지금은 도시에선 사라지고 있는, 혹독한 자연에서
호흡해온 인간관계다. 산속에 있으면 이런 교류가 정
말 감사하다.

🌰 🌰 🍐 가을에 나는 산의 열매 🌰 🌰 🍐

가울테리아 미쿠엘리아나
(シラタマノキ)
진달랫과의 상록 소저목.
먹으면 순간 달콤한데,
파스 맛이 나서 깜짝 놀란다.

들쭉나무 (クロマメノキ)
진달랫과의 낙엽 저목.
흑자색의 달콤한 열매가 열린다.

아카모노(アカモノ)
가울테리아 미쿠엘리아나와 같은
속(屬)인데, 이것은 달고 향기는 없다.

오오바스노키(オオバスノキ)
진달랫과의 낙엽 저목.
높이가 1미터 정도 된다.
흑자색의 새콤달콤한 열매가
달린다.

쿠로우스고(クロウスゴ)
진달랫과의 낙엽 저목.
흑자색의 열매는 작아서
찌부러지기 쉽다.

가을 열매는 산속 동물들의
음식이므로 먹지는 말자.

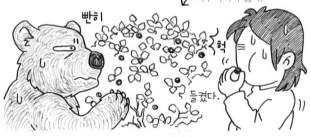

빤히

헉

들켰다.

243

독버섯 사건

십여 년 전에 장기 아르바이트로 반 년 동안 다로다이라 산장에서 일했던 적이 있었다. 산장일 2년 차에 다로다이라 산장에서 수행을 한 셈이다. 그해 가을, 직원이 따온 버섯으로 전골을 끓인 적이 있었다. 결과부터 말하면, 함께 전골을 먹은 것은 좋았지만 독버섯이 섞여 있어서 크게 고생했다.

그 당시는 나도 무지해서 독버섯이 얼마나 무서운지 몰랐고 지식도 없었다. 그저 땅에서 버섯이 자라나는 현상이 재미있었다. 그래서 산책을 가면 주변에 자란 버섯의 사진을 찍어 도감에서 찾아보고는 좋아했었다. 어느 날, 여자 직원 방의 낡은 다다미에서 버섯이 자란 것을 보고 찾아봤더니 '다다미버섯, 식용 가능'이라고 나와 있어서 시험 삼아 맑은 장국을 끓여보았다. 그런데 장국의 국물이 예상과 달리 까만색이 되어서 나를 제외하고 다른 사람들은 꺼려하며 먹지 않았다.

독버섯전골을 먹은 날도 그 정도의 흥미로 시작되

었다. 그때는 마스터와 윗사람이 휴가로 산을 내려가서 아무도 그 버섯전골에 대해 의심하거나 막을 사람이 없었다.

그날, 가즈키 씨와 남성 아르바이트 한 명이 짐을 지고 산을 내려갔다. 돌아오는 길에 두 사람은 등산로 입구 주변에 자란 버섯을 따면서 올라왔다. 가즈키 씨가 "오늘 저녁은 버섯전골이다!" 하고 웃으며 내민 자루에는 이런저런 버섯들이 잔뜩 뒤섞여 있었다. 원래 버섯은 종류별로 나누지 않으면 위험하기 때문에 이 시점에서 이미 잘못되었는데, 무지한 나는 그대로 "와, 버섯전골!" 하고 버섯을 받아들었다.

나는 버섯을 따온 남성과 도감을 뒤적이며 버섯을 골랐다.

"이 버섯 먹을 수 있나?"

"모르겠어요."

아무래도 도감 속 사진만으로는 정확히 알 수 없었고 결국 귀찮아져서 적당히 분류해버렸다.

가을도 거의 끝나가던 시기여서 다들 약간 긴장이 풀려 있었고 지쳐 있었다. 거기에 윗사람도 없다는 해방감 때문인지 이상하게 기분이 들떠 있었다. 무슨 버섯인지 정확히 알지 못하는 버섯이 들어간 그 괴상한 전골을 보며 잔뜩 기대했다. 보통은 캔 맥주밖에 마시지 않는데 그때는 생맥주를 맥주잔에 따라 마셨다.

"건배!"

가을의 향기가 물씬 풍기는 버섯전골의 맛은 최고였다. 다양한 버섯의 풍미가 녹아든 국물도 커다란 버섯도 너무 맛있었다.

"가즈키 씨, 이거 무슨 버섯이에요?"

"그건 나도팽나무버섯 중에 큰 놈이야. 나도팽나무 대물!"

가즈키 씨는 적당히 말하며 웃었고, 다른 사람들도 깔깔 소리 내서 웃었다. "나도팽나무 대물 맛있네요" 하고 나도 분위기를 맞추며 행복한 시간을 보냈다.

그날은 손님이 적었는데 자신을 이야기꾼이라 자칭하는 여성이 있었다. 그녀가 "산장에 계신 여러분, 괜찮으시다면 나의 이야기를 들어주세요" 하고 제안하기에 전골을 먹고 나서 모두 고타쓰(테이블 상판 아래에 전기 히터를 달고 이불을 덮어씌운 일본의 실내 난방 기구-

역자 주)에 발을 넣고 그녀의 이야기를 들었다. 그녀는 라푼젤 이야기를 해주었다. 라푼젤이라는 아름다운 소녀가 마법사에게 끌려가 탑의 꼭대기에 갇혀버린다. 그리고 그녀의 노랫소리를 들은 왕자가 "라푼젤, 라푼젤, 당신의 기다란 머리를 내려주오" 하고 말한다. 그러자 그녀의 기다란 머리가 스르르 내려와서 왕자는 그것을 타고 탑 꼭대기에 올라간다.

대체 얼마나 머리가 긴 걸까, 머리카락을 잡고 올라가면 머리가 아프겠다, 하고 웃었는데 옆에 앉아 있던 여직원이 슬그머니 일어나 밖으로 나갔다. '아는 이야기라더니 재미없었나?' 싶었는데, 잠시 후 돌아와서는 나에게 "토했어" 하고 작은 소리로 말했다.

"어머, 어디 아파?"

"모르겠어."

"다들 멀쩡해 보이니 버섯은 아닌 것 같은데, 괜찮아?"

"응."

그때는 그 정도로 끝났고 밤 9시가 되어 소등 후 각자 잠자리로 돌아갔다.

그리고 한밤중에 구역질이 나 벌떡 일어났다. 자다가 토할 것 같아 깬 것은 태어나서 처음이었다. 생각할 겨를도 없었다. 서둘러 화장실로 달려갔다. 화장실 문을 열고 뛰어 들어간 몇 초 동안에 머릿속으로 '어디가 먼저지?' 하고 생각했다. 위쪽이 먼저인지 아래쪽이 먼저인지, 구토를 하면서 설사하는 것과 설사를 하면서 구토하는 그림이 순간적으로 영상화되었고, 나는 아래쪽을 먼저 선택했다. 끝나고 돌아보는 순간 구토를 했다. 너무도 끔찍했다.

간신히 숨을 쉬며 기어 나와 화장실 문 앞에 쭈그리고 앉아 있는데 초저녁에 토했다고 말했던 그녀가 새파랗게 질린 얼굴로 화장실로 뛰어 들어갔다. 아, 요란하게 쏟아내는 소리가 들렸다. 잠시 후 그녀도 내 옆에 쭈그리고 앉아서 '역시 버섯 아닐까?' 하고 눈으로 호소했다. 나도 '그런 것 같아' 하고 눈으로 동의했다. 그러자 이번에는 같이 버섯을 분류했던 남성이 대야를 안고 '우웩'하고 헛구역질을 하더니 화장실로 뛰어 들어갔다. 나는 멍하니 '어느 사이에 대야를 준비했을까', '산장에 대야가 있었나' 하고 생각하면서 그녀와

마주보고 힘없이 웃었다.

잠시 후, 세 명이 화장실 문 앞에 주저앉아서 "나머지 여자 한 명은 괜찮은가", "가즈키 씨는 아직 못 봤는데 어떤 상태인 거지?" 하고 말하면서 구역질이 나면 화장실로 들어가 토했다. 그렇게 밤새 몇 번을 반복했다.

결국 나는 아침까지 6번이나 토하는 바람에 아침 식사 준비 시간이 되어도 다리가 후들거려서 일어설 수 없었다. 그나마 나머지 여자 한 명은 현명했다. 버섯전골이 위험하다고 생각해 버섯은 먹지 않고 국물만 조금 떠먹어서 속이 불편하긴 했지만 구토는 하지 않아서 혼자 손님의 아침 식사 준비를 하고 있었다.

그리고 몸집이 커서 독이 퍼지지 않은 가즈키 씨가 일어났다.

"어, 다른 사람들은?"

"가즈키 씨 괜찮으세요? 다 쓰러졌어요!"

나중에 이야기를 들어보니 가즈키 씨는 기분은 나빴지만 구토는 하지 않았다고 한다. 정말이지 강하다. 이 사람은 생명체로서 정말 강하다고 생각했다. 그리고 '가즈키 씨가 따온 버섯인데' 하고 약간 원망스러 웠다.

앞서 말한 이야기꾼 여성은 다음 날도 산장에 머물 렀다. 그날 밤 이야기는 '방귀쟁이 며느리'였다. 독버 섯 때문에 밤새 고생해서 얼굴이 홀쭉해졌지만 어찌 저찌 낮 동안 산장의 문을 닫는 작업을 마쳤는데 요란 한 방귀를 뿡뿡 뀌는 며느리의 이야기에 배를 잡고 웃 었다. 결국에는 이야기꾼 여성까지 큰 소리로 웃어서 "같이 웃어버리다니 아직 수행이 부족하네요"라며 쓴 웃음을 지었다. 어쩌면 그 찌개에는 웃음을 유발하는 웃음버섯도 약간 들어 있었던 것일지도 모르겠다.

산장 주변에서 볼 수 있는 버섯들

거친껄껄이그물버섯
자루가 단단하고
먹을 수 있다. 볶으면
진득한 점성이 생겨서
맛있다.

갓은
빨간색에서
주황색

독

붉은덕다리버섯
독이 있어 보이는 주황색인데
유균(幼菌)은 부드럽고 맛있다.

광대버섯
그림책에 나올 것 같은
귀여운 모습의 버섯

버섯의 독을 섭취하면
죽음에 이를 수도 있으므로
정확한 지식을 갖고 가려서 먹자.

송이버섯
가을 버섯의 왕. 송이버섯밥이
직원 사이에서 인기다.

산장의 문을 닫다

9월 후반, 추분 연휴가 끝나면 산장의 문을 닫는 작업이 빠르게 진행된다. 정면 테라스 겸 헬기 이착륙장 해체, 2층 테라스 해체, 방의 다다미 걷기, 주방 정리 등 해야 할 일이 많다. 산장 개장 작업을 되감기하듯 하여 매일매일 산장이 문을 열기 전 상태로 돌아간다. '오늘도 변함없이 강물은 흐르는데 이곳에서의 생활은 올해도 끝나가는구나' 하고 왠지 신기한 기분이 든다.

가장 서운한 것은 같이 지냈던 동료와의 이별이다. 9월 한 달 내내 산장 개장부터 함께 생활했던 중기(中期) 아르바이트가 하산한다. 다시 만날 수도 있고, 혹은 더는 만날 수 없을지도 모른다. 떠나는 사람보다 남겨진 사람이 더 서운하다. 그러나 서운함은 그동안 즐겁게 지냈다는 증거라고 자신을 달랜다. 그 이후 산장이 문을 닫을 때까지는 산장지기와 둘이 지낸다. 풀이 죽은 나를 보고 산장지기가 "괜히 미안하네" 하고 어이없어 하며 웃는다.

산장의 문을 닫기 위한 작업들

테라스 해체
눈에 부서지지 않도록 해체.
한데 모아서 파란색 방수 시트로
덮는다.

물 호스 정리
무거운 호스를 둘둘 감아서 묶는다.

다다미 걷기

이불 방 만들기
이불을 한 방에 모아 쌓아둔다.

눈막이
눈에 유리창이 깨지거나
동물이 들어오지 않도록 한다.

다카마가하라 산장의 영업도 내가 좋아하는 곤들매기 낚시도 9월 말로 끝난다. 10월이 되면 산장지기가 나에게 다이토 신도로의 등산용 쇠사슬을 철거해오라는 일을 준다. 화창한 가을을 즐기라는 배려다. 펜치, 스패너, 쇠지레, 그리고 카메라와 도시락을 배낭에 담아 서둘러 나선다.

산장 주변의 단풍은 10월에 막 들어섰을 무렵이 가장 아름답다. 반짝반짝 햇빛이 닿는 경사면은 겨울을 앞두고 마지막 반짝임으로 가득하다. 시들어가는 것이 아름답다는 것을 보여주니 정말 대단하다. 만추의 하늘은 높고 파랗고 투명하게 녹아들고 멀리 저편에는 희미한 구름층이 넓게 퍼져 있다. 발아래서는 여전히 소리에 놀란 곤들매기가 튀어나와 눈앞에서 우왕좌왕한다. 나는 그 모습을 보고 혼자 키득거렸다.

다이토 신도로에 등산용 쇠사슬을 설치해둔 곳은 두 곳이다. 앞쪽부터 쇠사슬을 걷으며 나아간다. 걷은 쇠사슬은 배낭에 쑤셔 넣고 다음 쇠사슬이 있는 곳으로 발길을 옮긴다. 의외로 쇠사슬이 묵직하다. 두 번째 쇠사슬도 걷어서 자루에 넣으면서 일시 보관 장소로 끌고 간다. 파란색 방수 시트로 잘 싼 다음, 눈에 쓸려가지 않도록 안전로프로 고정한다. 그다음 B계곡까지 이동해서 등산로로 오르는 곳에 설치한 간판을 정리한다. B계곡은 언제 오든 당장이라도 낙석이 발생할 것 같아서 무섭다. 작업이 끝나는 대로 서둘러 돌아간다.

일은 이것으로 끝이다. 안전지대까지 내려가서 도시락을 연다. 눈앞에는 높은 협곡 사이로 강이 까맣게 흘러간다. 이 근처는 물의 빠르기나 수심, 경사 정도가 좋은데 비해 곤들매기가 없는데, 늦가을 수량이 적을 때는 강을 거슬러 오르는 커다란 곤들매기가 떠오른다. 그래, 산장 문을 열 무렵에는 건너편 기슭에 큰 원추리가 군락을 이뤄 흐드러지게 폈었지.

잠시 멍하니 바라보다 도시락을 정리하고 천천히 걷기 시작한다. 걸음을 멈출 때마다 고마워요, 하고 인사한다. 산의 신, 고맙습니다. 곤들매기야, 고맙다. 산장 사람들도 손님도 모두모두 고마워요. 내가 이곳에 있을 수 있는 것도, 있게 해준 것도 경험하는 일들과 감사하는 마음이 쌓인 결과다. 이번 시즌 역시 세상에서 가장 좋아하는 장소에서 지낼 수 있었던 것에 행복하고 감사한다.

산장은 이미 문을 닫을 모양새다. 10월 둘째 주 월요일, 체육의 날 연휴가 끝나면 야쿠시자와 산장도 영업 종료다. 다로다이라 산장에서 폐장 작업을 도와줄 사람이 한 명 파견되어 마지막 작업을 한다. 그렇게 많은 양의 음식을 만들었던 주방도 지금은 텅 비었다. 식재료는 내년에 산장의 문을 열 때까지 동물이 건드리지 못하도록 철저히 보관한다. 마지막으로 눈의 피해를 막기 위해서 모든 창문을 판자로 가리면 산장 안은 판자 틈새로 비치는 작은 빛만 들어온다.

오후가 되자 산장지기가 "슬슬 끊어도 되죠?" 하고 묻는다. 나는 "넉넉히 받아놔서 괜찮아요" 하고 대답한다. 드디어 물을 끊을 때가 된 것이다. 산장 주위의 호스 연결부를 풀면 산장 안을 흐르던 물이 쿨렁쿨렁하고 순간 신음 소리를 내다가 이내 물줄기가 가늘어지면서 끊어진다. 산장 개장으로부터 3개월 반, 끊임없이 흐르던 야쿠시자와 산장의 호흡이 멈추는 순간이다. 산장 안이 쥐 죽은 듯이 조용해지고 밖을 흐르는 계곡물 소리가 또렷하게 들린다. 나의 마음도 차분해지면서 적적한 소리를 낸다.

분리된 호스는 건너편 기슭에서 회수해 둘둘 말아 정리해 산장 안에 보관한다. 그날 저녁은 마지막으로 남은 음식을 따뜻하게 데워 조촐한 회식을 한다. 드디어 내일이 산장을 떠나는 날이다.

야쿠시자와 산장에서 떠나는 날 아침, 정시 교신을 마친 후 마지막 점검을 한다. 주방, 식당, 2층 개인실, 접수 데스크, 화장실, 모든 곳에 나무판자를 덧대어 못질을 한다. "잠깐 있다 가죠" 하고 산장지기가 말한다. 그렇게 잠시 그동안 산장에서 보낸 시간을 아쉬워하며 흔들다리 위에서 곤들매기를 본다.

"자, 이제 갑시다."

다 같이 산장에게 인사를 하고 난 후, 내 등산 스틱을 접수 데스크 안쪽에 넣어둔 채 나온 게 생각났다. 하지만 접수 데스크는 이미 나무판자로 단단히 막아버린 뒤다.

어쩌지? 하는 수 없다. 이것으로 다음 시즌에 다시 이곳에 올 이유가 생겼다고 생각하자. 그리고 문득

산장을 올려다보니 산장도 나를 내려다보며 생긋 웃
는 것 같았다.

　산장 생활은 여행 같다. 매일 어떤 일이 일어날지 알 수 없다. 시즌이 되면 손님이 번갈아 교대로 찾아와서 여행을 떠나지 않아도 여행이 찾아오는 그런 느낌이다. 야쿠시자와 산장은 구로베 원류에 떠 있는 한 척의 배다. 뱃전의 창문 너머에는 계절에 어울리는 풍경이 서서히 흘러간다. 때로 비바람에 지붕이 날아가고 조난 사고가 발생하는 등, 우발적인 사고가 끊이지 않지만 날씨가 좋은 날에는 창밖을 멍하니 바라보거나 낚싯대를 드리우거나 낮잠을 자며 행복한 시간을 보낸다. 실제로 생활하면 더 바쁘고 힘들게 느껴지지만 인간이란 그런 것은 잊어버리도록 만들어진 모양이다. 즐거웠던 추억만 떠오른다. 기억이란 애매하고 편의적이다.

　만일 누가 이 책을 읽고 산에 가고 싶다고 생각하거나 산장에 묵고 싶다고 생각한다면 저자로서 기쁜 일이다. 더 나아가 산장에서 일하는 것에 흥미를 가진다면 더욱 기쁠 것이다. 산장은 도망칠 곳 없는 폐쇄

사회라서 산 아래의 사회 이상으로 소통이 중요한데, 그것은 조금씩 익숙해지면 된다. 못하는 것부터 차근차근 시작하면 된다. 나도 선배와 동료에게 하나하나 배웠다. 그래서 지금도 감사한다. 이곳에서 최선을 다하자, 도움이 되자고 마음먹는다.

이번에 산장 이야기를 책으로 만들면서 많은 분들의 도움을 받았다. 구로베 원류에 관한 문헌을 찾아보면서 자신이 몰랐던 산장의 역사를 알 수 있었다. 또, 마스터를 비롯한 산장 관계자들의 이야기를 들을 수 있었던 것도 큰 힘이 되었다. 미처 책에 소개하지 못한 이야기도 많은데 그것들은 전설의 토대로 살아 있다. 이 책이 산장의 역사를 이어나가는 데 작은 계기가 되기를 바란다.

참고문헌

이소지마 가즈아키 《산은 하루에 다섯 번 색이 바뀐다》
이소지마 가즈아키 《야쿠시다케 등산의 역사》
이소지마 가즈아키 《입산 가이드 역사 II》
이소지마 히로후미, 그 외 편집 《야쿠시다케에 이끌리다》
50주년 기념 편집 위원회 《다로다이라 산장의 50주년을 맞이하여》
이토 쇼이치 《구로베의 산적 알프스의 괴이》
미쓰마타 산장 사무소 편집 《마가목》
가토 노리요시 《일본의 국립공원》
세타 노부야 《재생하는 국립공원 일본의 자연과 풍경을 지키고 지탱하는 사람들》
히사스에 야요이 《미국의 국립공원법 협동과 분쟁의 1세기》
무라쿠시 니사부로 《자연보호와 전후 일본 국립공원 ―속 '국립공원 성립사의 연구'》

무슨 일 있으면 톡하지 말고 편지해

초판 1쇄 인쇄 2020년 4월 01일
초판 1쇄 발행 2020년 4월 13일

지은이 야마토 게이코
옮긴이 홍성민

발행인 신상철
편집장 신수경
편집 정혜리 김혜연
디자인 박수진
마케팅 안영배 신지애
제작 주진만

발행처 ㈜서울문화사 | **등록일** 1988년 12월 16일 | **등록번호** 제2-484호
주소 서울시 용산구 한강대로 43길 5 (우)04376
편집문의 02-799-9346 | **구입문의** 02-791-0762
팩시밀리 02-3278-5555 | **이메일** book@seoulmedia.co.kr

ISBN 979-11-6438-026-8 (03830)

＊잘못된 책은 구입처에서 교환해드립니다.
＊책값은 뒤표지에 있습니다.